KB264864

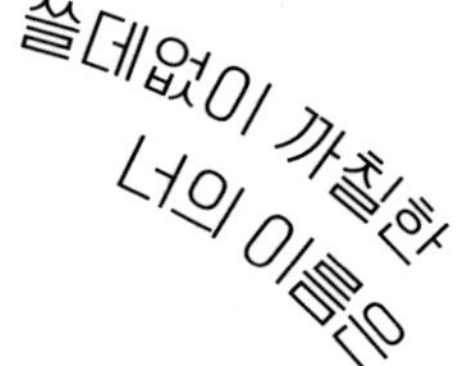

쓸데없이 까칠한 너의 이름은

이 진
정은주
조영주
차영민

차례

이진

소리를 돌려줘

- 엠파 은수 포카 양노합니다.

SNS에 올라온 글을 읽자마자 눈이 번쩍 뜨였다. 바로 쪽지를 보내려는데, "시세에 맞게 가격 제시해 주세요"라는 문장이 마음에 걸렸다. 쉽게 말하자면 '최대한 비싸게 팔고 싶다'는 뜻이다. 한 장에 만 원까지는 쓸 각오가 되어 있지만, 과연?

일단 "10 괜찮으세요?"라는 쪽지를 보내 보았다. 1분도 지나지 않아 판매자가 답장을 줬다.

- 죄송하지만 15 이하로는 좀….

용돈 통장 잔액을 확인해 보았다. 딱 천 원이 모자란다.

'어쩌지. 엄마한테 달라고 할까?'

만 원은 힘들 것 같지만 5천 원은 어떻게든 될 것도 같다.

나는 곧바로 부엌으로 달려가 엄마에게 졸랐다.

"엄마. 오천 원만 줄 수 있어?"

"뭐 하게?"

엄마는 보글보글 끓는 된장찌개 냄비 앞에 서서 나를 쳐다보지도 않은 채 되물었다. 쉽지 않을 예감.

"담주에 서은이 생일인데, 생일 선물 살 돈 모자라."

나는 반 친구를 팔아 거짓말을 했다.

엄마는 국자로 찌개를 휘저으며 받아쳤다.

"돈이 모자라면 모자란 대로 맞춰 사면 되지."

"걔가 내 생일에 준 만큼 나도 해 줘야 된단 말이야."

엄마는 한 손을 허리 위에 척 얹더니 교문 앞을 지키는 선생님 같은 눈빛으로 나를 바라보았다.

"너, 또 그 엠파이어인지 뭔지 아이돌 굿즈 사려고 그러지?"

"아니거든?"

"수상해."

"아, 왜 사람 말을 못 믿어?"

화내는 척했더니 엄마는 식탁 의자에 걸어 둔 장바구니에서 미적미적 핸드폰을 꺼냈다.

"적당히 해."

눈을 번뜩이며 돈 들어오기만 기다리는 나에게 엄마가 툭 던지듯 말했다.

나는 못 들은 척 대꾸했다.

"뭘?"

"덕질 말이야."

엄마는 툭하면 내 덕질에 훈수를 둔다. 돈 많이 쓰지 마라, 성적 떨어지지 않게 하라는 잔소리야 어른들이 늘 하는 말이니까 대충 넘길 수 있다. 하지만….

"이왕 덕질 할 거면 좀 잘생긴 애 좋아하면 안 돼?"

또 시작이다. 엄마는 늘 이런 식이지. 그냥 잔소리만 하고 넘어가는 법이 없고 내 최애 아이돌을 깎아 내리는 말을 덧붙여야 직성이 풀리는 모양이다.

"하긴 요즘 아이돌들 보면 다 거기서 거기야. 공장에서 찍어 낸 것처럼 개성이 없잖아? 1세대 아이돌한테는 야성미라는 게 있었는데 말이지."

코웃음이 나오려는 걸 간신히 참았다. 또 라떼 타령 시작이냐고 쏘아붙이려다가 5천 원 못 받을까 봐 꾹 참았다. 엄마는 마지막으로 다시 한번 강조했다.

"이번 달 추가 용돈은 이걸로 끝이야. 알았지?"

띠링, 엄마 이름으로 5천 원이 입금되었음을 알리는 핸드폰 알람이 뜨자마자 나는 바로 포카 판매자에게 '15 가능해요!'라고 답장을 보냈다.

엄마랑 실랑이 벌이는 동안 팔렸으면 어떡하나. 초조한 기다림 끝에 마침내 판매 가능하다는 답을 받았다. 행복에 잠긴 것도 잠시, 새로운 고민이 시작되었다. 포카가 도착하면 탑꾸를 해야 하는데, 탑꾸 재료 살 돈이 없다. 엄마한테 돈 더 달라고 할 걸, 후회해도 늦었다. 이번 달은 포카를 산 걸로 만족하고 다음 달 용돈을 쪼개 탑꾸를 하기로 했다.

아이돌 덕질에는 돈이 든다. 앨범, 음원, 콘서트 티켓, 공식 굿즈, 다양한 브랜드 컬래버레이션 굿즈, 하물며 가내 수공업으로 집에서 나만의 굿즈를 만드는 데도 돈이 든다. 아이돌을 위해서라면 수천만 원도 거뜬히 쓰는 능력자들이 넘쳐나는 세계가 아이돌 팬덤이다. 그런 어른 팬들에 비하면 나는 햇병아리 수준이지만, 솔직히 팬심에 값을 매기는 건 너무한 것 같다. 아무리 이 세상에 돈으로 해결 안 되는 일은 없다고 하지만, 그래도 지금 나의 능력 안에서는 최선을 다해 덕질을 하고 있다고 생각한다.

다음 날 학교에 간 나는 책가방 푸는 것도 잊고 새로 올라온 엠파이어의 숏폼 영상에 빠져들었다. 수업 시작 벨 소리도 못 들은 채 영상을 보고 또 보다가 선생님 지적을 받고서야 정신을 차렸다. 아메리카노를 한꺼번에 열 잔 마신 것처럼 가슴이 두근거리고 자꾸만 영상 속 은수 생각이 나서 수업 내용이 하나도 눈에 들어오지 않았다. 오늘 공부도 망했다.

"규리! 매점 안 가?"

쉬는 시간에 서은이가 내게 말을 걸었다.

"난 됐어. 돈 없어."

나는 힘없이 고개를 저었다.

서은이가 물었다.

"덕질 때문에?"

"응. 포카 사느라 탕진."

"내가 쏠게 같이 가자."

"아냐. 진짜 괜찮아."

다른 친구 손을 잡고 교실을 나가는 서은이를 보자니 미안하기도 하고 서운하기도 했다. 이제 나는 매점 갈 돈도 아껴야 한다.

'다음 용돈 날까지는 열흘 넘게 남았는데.'

한숨을 쉬며 다시 은수 영상으로 도피하려고 이어폰을 끼는데, 마구 뛰어가던 남자애가 내 책상을 치고 가는 바람에 이어폰 한 짝을 떨어뜨리고 말았다.

"아! 뭐야, 진짜."

나는 소리를 지르며 굴러가는 이어폰을 쫓아 달렸다. 동그란 이어폰은 교실 바닥을 가로질러 데굴데굴 굴러 옆 분단 맨 뒷줄 책상 다리에 부딪힌 끝에 겨우 멈추었다. 급하게 손을 뻗어 이어폰을 주워 들려는 찰나, 책상 앞에 앉아 있던 남자애가 한 발 먼저 내 이어폰을 집어 들었다.

고개를 들자 어디선가 희미한 소음이 들려왔다. 내 이어폰을 주워 준 애는 일명 '헤드폰'이었다. 수업 시간만 빼고 하루 종일 시 꺼먼 헤드폰을 끼고 있어서 붙은 별명이다. 소음은 그 애가 긴 헤드폰에서 새어 나오고 있었다.

헤드폰은 우리 학교 화단에 있는 이순신 장군 동상처럼 무뚝뚝한 얼굴로 나에게 이어폰을 내밀었다.

"고맙…."

무심코 헤드폰에게 감사 인사를 하려다 저 상태로는 어차피 안 들릴 것 같아서 그냥 고개만 까딱하고 돌아섰다.

헤드폰, 재는 무슨 음악을 저렇게 열심히 듣는 걸까. 힙합, 록, 뭐 그런 장르 음악일까? 그러고 보면 우리 엠파이어도 예전에 콘서트에서 오래된 외국 록 음악의 리메이크 곡을 부른 적이 있었다. 2000년대에 유명했다는 록 밴드 노래였는데, 그 밴드 이름이 뭐였는지는 기억나지 않지만 그 노래를 부르는 은수는 완전, 치명적이었지. 하….

아 이런. 정신 차리고 보니 또 엠파이어 생각에 빠져 버렸다. 덕질을 시작한 뒤로 나는 뭘 봐도 엠파이어랑 연결 지어 생각한다. 완전히 전지적 엠파이어 시점이다.

수업이 끝나자 나는 누구보다 빠르게 집으로 뛰었다. 문 앞에는 포카 판매자가 보낸 택배가 도착해 있었다. 곧바로 포장을 뜯고 은수 포카의 존재를 확인했다. 행여나 구겨질까 유리그릇 다루듯 조심조심 포카를 꺼내 포카 전용 앨범에 끼웠다. 그동안 모은 은수 포카들로 두툼해진 포카 앨범을 찬찬히 넘겨 보고 있자니 금은보화로 가득 찬 창고에서 흡족해하는 옛이야기 속 부자가 된 것처럼 가슴이 뿌듯했다.

문득 걱정이 들었다. 혹시 내가 지금 과몰입 상태인 건 아닐까? 학교 성적은 좋아질 기미도 보이지 않고, 굿즈 사느라 용돈이 모자라 친구랑 매점 가기도 부담스럽다. 알바라도 해 볼까 생각한 적도 있지만 엄마 아빠가 반대할 게 뻔했다. 나는 중고로 팔 만한 물건이 없나 하고 방 안을 둘러봤다. 그나마 돈이 될 만한 물건이라고는 전부 엠파이어 굿즈뿐이었다.

나도 이제 중 3이고, 슬슬 아이돌 덕질을 그만두어야 할지도 모르겠다는 생각이 요즘 들어 종종 든다. 하지만 과연 내가 엠파이어와 은수만큼 모든 것을 다 잊고 몰입할 수 있는 것을 또 찾을 수 있을까 하는 두려움이 더 크다. 나는 공부도 잘 못하고 예체능 쪽 재능도 딱히 없다. 엄마는 "다 한때 지나가는 바람."이라 했지만 몰아치는 바람 속에 갇혀 있는 나에게는 전혀 와 닿지 않는 말이다.

아, 오랜만에 진지한 고민 좀 했더니 머리 아프다. 두통에는 우리 은수 영상이 특효약이다. 나는 밤늦게까지 은수의 영상과 움짤을 찾아보다 자다 깨서 화장실 가던 엄마에게 잔소리를 듣고 잠들었다.

　

우렁찬 알람 소리가 귀를 때렸다. 나는 눈을 비비며 침대에서 빠져나와 학교 갈 준비를 했다. 언제나처럼 아파트 엘리베이터 안에서 이어폰을 끼고 엠파이어 최애 앨범을 재생하려는 순간,

"어?"

핸드폰 화면이 평소와 달랐다. 메인 화면에 늘 있던 음악 어플 아이콘이 보이지 않았다.

"어디 갔지?"

핸드폰 전원을 껐다 켜 봤지만 마찬가지였다. 카메라나 SNS 등 다른 어플들은 전부 그대로 잘 있었다. 오직 음악 어플 하나만 쏙 빠져 있었다.

음악 어플은 모든 종류의 핸드폰에 기본적으로 탑재된 어플이다. 사용자가 일부러 지우기 전에는 사라질 일이 없다. 인터넷에서 '음악 어플 삭제 오류'라고 검색해 보았지만 관련 내용이 단 한 페이지도 뜨지 않았다. 귀신이 곡할 노릇이었다.

고장 난 핸드폰을 들고 씨름하다 지각 2분 전에 가까스로 교문을 통과했다. 교실 문턱에 한쪽 발을 들여놓자마자 수업 시작 벨이 울렸다.

"수업 시간입니다. 수업 시간입니다."

처음 듣는 어른 여자 목소리가 교실에 울려 퍼졌다. 황당했다. 바로 어제까지만 해도 우리 학교 수업 벨 소리는 베토벤의 '엘리제를 위하여'였기에.

나는 자리에 앉으며 짝에게 툴툴거렸다.

"왜 갑자기 사람 목소리로 바꿨대? 음산한 게 꼭 귀신 같아."

"바꾸다니? 뭘?"

"수업 벨 소리 말이야."

짝은 이상하다는 듯 말했다.

"수업 벨 소리 원래부터 저랬는데?"

"무슨 말이야? 원래 저랬다니,"

선생님이 교실에 들어오는 바람에 나와 짝의 대화는 멈추었다. 시간이 흘러 쉬는 시간을 알리는 벨 소리가 울렸다.

"쉬는 시간입니다, 쉬는 시간입니다."

또다. 자동차 내비게이션 어플에서 나오는 것처럼 어색하고 이상한 안내 방송.

나는 다시 한번 짝에게 물었다.

"바로 어제까지는 '엘리제를 위하여'였잖아. 왜 갑자기 벨을 바꿨지?"

"뭐야. 너 아까부터 계속 왜 그래? 어디 아파?"

짝은 정색을 했다. 마치 정신 나간 사람 대하는 듯한 태도에 기분이 상한 나는 입을 다물고 핸드폰을 꺼냈다. 음악 어플은 여전히 메인 화면에서 사라진 채였다. 은수 목소리를 들어야 진정한 하루가 시작되는데…. 기분이 찝찝했다. 나는 아무 소리도 나오지 않는 이어폰을 귀에 낀 채 유튜브 어플을 열었다.

"어?"

이번에도 당연히 있어야 할 것이 없었다. 하루에 백 번 넘게 엠파이어와 은수 영상을 보는 내 메인 화면에는 당연히 엠파이어 영상이 떠야 하는데 알고리즘에 문제가 생겼는지 엉뚱한 영상들만 가득했다. 검색창에 '엠파이어'를 입력했지만 관련 영상이 하나도 뜨지 않았다. 포털 사이트 검색 결과도 마찬가지였다. 배경은 같은데 소리만 지워진 이상한 세계에 나 혼자 뚝 떨어졌다. 엠파이어의 음악이 사라져 버린 세계라니.

순간 머릿속에 '해킹'이라는 말이 떠올랐다. 두려움에 떨고 있는데 막 교실에 들어서는 서은이가 눈에 들어왔다.

나는 냉큼 달려가 서은이를 붙들고 소리쳤다.

"서은아, 서은아! 네 핸드폰도 이상해?"

"무슨 말이야?"

"내 폰에서 음악 어플이 없어졌어. 그리고 유튜브에서 엠파이어 검색이 안 돼. 다른 영상은 다 나오는데, 너무 이상해."

“음악?”

서은이는 정신없이 말을 쏟아 내는 나를, 꼭 방금 전에 나를 보던 짝꿍 같은 눈빛으로 빤히 보며 되물었다.

“음악이 뭔데?”

“음악이 뭐긴? 음악이 음악이지. 음악이라는 말 몰라?”

“몰라. 그런 말 태어나서 처음 들어 봐.”

이번에는 내가 서은이를 정신 나간 사람 보듯 쳐다보았다.

기가 막혀서 어물거리는 사이 “수업 시간입니다.” 하는 음산한 목소리가 교실에 울려 퍼졌다.

내 인생에서 최고로 기묘한 하루가 겨우 끝났다. 집으로 가는 길에도 나는 계속 고장 난 핸드폰만 걱정했다.

“아직도 핸드폰 이상해?”

곁에서 걷던 서은이가 물었다.

나는 유튜브 화면을 끊임없이 새로고침 하며 중얼거렸다.

“응. 아무래도 해킹인 듯.”

서은이는 질린 표정으로 말했다.

“너, 오늘 좀 이상해. 종일 ‘음악 어플’이라는 게 없어졌다고 그러더니 이젠 해킹을 당했다고…. 내 핸드폰에도 그런 어플 없는 거 보여 줬는데도 안 믿잖아. ‘엠파이어’는 또 뭐길래 안 뜬다고 난리야?"

나는 고개를 쳐들고 소리 질렀다.

"너야말로 이상하거든? 내 최애 엠파이어를 네가 왜 몰라? 오늘 다들 왜 이래? 학교 벨 소리도 이상해지고…. 다 같이 짜고 몰래 카메라 찍는 거 아냐?"

서은이는 씩씩거리는 나를 멀거니 바라보더니 갑자기 걸음을 멈추었다.

"어, 음. 나 어디 들를 데 생각났어. 너 먼저 가."

그러더니 슬금슬금 뒷걸음질을 치며 나에게서 멀어지기 시작했다.

"야, 이서은! 서은아!"

서은이는 못 들은 척 뛰어가 버렸다. 울고 싶어졌다. 동물원 철창 속에 갇힌 동물이 된 기분이었다.

집으로 가는 길목에는 우리 엄마가 좋아하는 카페가 있다. 문을 활짝 열어 놓은 카페 앞을 터덜터덜 지나가는데 어쩐지 어색했다. 가게들이 모여 있는 길목이 쥐 죽은 듯 고요했다. 길목 끄트머리에서야 나는 왜 이렇게 어색하고 불길하기까지 한 기분이 드는지 깨달았다. 길에서 음악이 들리지 않았다. 모든 가게들이 문을 닫은 한밤중처럼.

하루아침에 핸드폰에서 음악 앱이 사라졌고, 수업 벨 소리가 음성 방송으로 바뀌었고, 인터넷과 유튜브에서는 엠파이어가 사라졌다. 생각해 보니 인터넷에서 사라진 건 엠파이어뿐이 아니었다. 다른 아이돌들의 정보도 뜨지 않았다. 마치 세상에서 아이돌이라는 직업이 사라진 것 같았다.

집에 도착하자마자 텔레비전부터 켰다. 모든 채널을 한 번씩 다 돌려 보았을 때 깨달았다. 어디에서도 음악이 들리지 않는다는 사실을.

"음악이 사라졌어."

나는 리모콘을 쥔 채 힘없이 중얼거렸다.

"뭐라고?"

엄마가 늘 마시는 커피잔을 들고 되물었다. 엄마는 어제랑 똑같은 우리 엄마 같아서 다행이었다.

"세상에서 음악이 사라졌다고, 엄마!"

"뭐? 뭐가 사라졌다고?"

"텔레비전에서 음악이 안 나오잖아. 맞다. 혹시 엄마 폰에도 음악 어플 안 떠?"

엄마는 미간을 한껏 찡그리며 나를 보았다. 순간 가슴이 덜컹 내려앉았다. 나를 바라보는 엄마 눈빛이 꼭 서은이랑 짝이 나를 보던 눈빛이랑 똑같아서였다.

"이상한 소리 그만하고 들어가서 공부나 해."

엄마는 그렇게 말하고 텔레비전을 켰다. 나는 엄마 몰래 안방에 들어가 엄마 핸드폰을 들춰 보았다. 역시나 엄마 핸드폰의 음악 어플도 사라져 있었다.

하루아침에 세상에서 음악이 사라지다니? 하지만 어떤 뉴스 채널에서도 '전 세계에서 음악이 사라졌다'는 보도는 나오지 않았다. 더 황당한 건 바로 어제 산 은수의 포카를 넣은 포카 앨범이 통째로 사라졌다는 사실이었다. 온 방과 집안을 뒤엎으며 엄마한테 따져 물었지만 엄마는 날 정신 나간 애 대하듯 굴 뿐이었다.

온 세상에서 음악이, 그리고 은수가 감쪽같이 사라져 버렸다.

한숨도 못 자고 학교에 갔다. 서은이는 종일 나를 서먹서먹하게 대했고 짝은 나를 무시했다. 이러다가 왕따 당하는 건 아닌지 무서워진 나는 그냥 아이들 앞에서 엠파이어나 음악 이야기는 꺼내지 않기로 마음먹었다.

머릿속이 너무 복잡했다. 나는 책상에 엎드린 채 멍하니 옆 분단을 보았다. 맨 뒤에 앉은 남자애랑 눈이 마주쳤다. 바로 어제 내가 떨어뜨린 이어폰을 주워 주었던 '헤드폰'. 오늘따라 헤드폰을 안 끼고 있어서 못 알아봤다. 1년 내내 헤드폰을 끼고 살아서 별명까지 붙은 애가 헤드폰을 안 끼고 있다니, 역시 무언가 잘못되어도 단단히 잘못되었다.

점심시간 내내 나는 인터넷을 검색했다. 어쩌다 이 세상에서 음악이 사라졌는지, 언제, 왜 사라졌는지가 궁금해서였다. '음악', '음악가', '뮤지션', '악기', '아이돌'…. 음악과 관련 있는 단어를 있는 대로 검색해 보았지만 아무 정보도 뜨지 않았다. 끝없이 뜨는 '검색 결과 없음' 문구에 지쳐 갈 때쯤 위키피디아 페이지가 떴다. 뜬금없게도 '세계사' 카테고리에 들어 있는 문서였다.

위키피디아에서 '음악'이라는 키워드를 검색했더니 비로소 쓸 만한 정보가 나왔다. '불건전 소음'이라는 페이지로 연결된 것이다. 마치 '즈믄'이라는 말을 검색하면 '1000'으로 자동 연결되는 것처럼. 이 세계에서는 '불건전 소음'이라는 알쏭달쏭한 말이 '음악'이라는 말을 대신하고 있는 모양이었다.

2011년 7월
제3차 세계 대전 발발
2020년 12월
광저우 영구 평화 협정ETERNAL PEACE TREATY OF CANTON 체결

눈이 동그래졌다.
'3차 세계 대전? 세계 대전은 2차 세계 대전으로 끝난 거 아니

었어?’

　비록 내 세계사 점수가 많이 별로이기는 해도 그 정도는 안다. 게다가 전쟁이 9년 동안이나 이어졌다니…. 나는 위키 페이지를 벼락치기 시험공부하듯 꾸역꾸역 읽어 내렸다. ‘불건전 소음’이라는 말이 여러 번 반복해서 등장했다.

2023년 4월
불건전 소음 영구 금지 국제 협약 체결

　나는 ‘불건전 소음 영구 금지 국제 협약’ 관련 위키 문서를 읽어 보았다. 길고 어려운 말로 가득한 문서를 최대한 요약해 보자면, 지난 2020년부터 전 세계에서 종류를 불문한 모든 음악의 공연과 녹음과 방송을 영구히 금지하는 법이 탄생했다고 한다. ‘음악’이라는 말조차 금지어가 되어 사람들의 입과 기억에서 사라졌다. 이런 괴상한 법이 탄생한 이유는 3차 세계 대전이 다름 아닌 음악 때문에 일어났기 때문이었다.

　3차 세계 대전은 한 작은 나라의 분쟁으로부터 시작되었다. 그 나라는 5대에 걸친 독재자 가문이 통치했는데, 개혁과 경제 발전을 모토로 삼았던 독재자들은 대를 거듭할수록 실정과 폭정을 일삼았다. 나라는 전보다 더 가난해졌고 정치가들은 국민들을 법과

처벌로 옥죄었다.

　그토록 갑갑한 나라에도 문화와 예술은 존재했고, 사람들을 즐겁게 하는 연예인도 있었다. 내가 모르는 이 세계의 역사는 바로 그 연예인으로부터 시작되었다.

　그는 갓 스무 살을 넘긴 젊은 가수였다. 외모도 아름다웠지만 목소리는 천사 같았다. 말하자면 우리 엠파이어 같은 탑 티어 아이돌이었던 것 같다. 그의 노래는 남녀노소 모든 사람들에게 사랑받았고, 그의 대표 앨범은 나라의 보물이 되어 외국으로 수출되었으며, 그의 최고 히트곡은 땅과 바다를 건너 외국 사람들에게도 널리 사랑받았다. 피도 눈물도 없는 독재자마저 그를 사랑했다.

　하지만 그는 자존심이 강한 가수였다. 독재자의 애완동물이 되기를 거부했다. 그는 노랫말에 자기 생각을 있는 그대로 담아내었고 그 노래는 대중에게 더욱 큰 사랑을 받았다. 화가 난 독재자는 그에게 활동 중지 명령을 내렸다. 그의 음반도 팔지 못하게 하고 공연도 못 하게 만들자 사람들은 불만에 차서 가수를 돌려 달라고 아우성을 쳤다. 그러자 독재자는 가수의 이름과 노래를 입에 올리는 사람들까지 처벌하기로 마음먹었다. 한때는 나라의 자랑으로 떠받들어지던 그의 대표곡을 공공장소에서 한 소절 이상 부르는 국민은 체포당해 감옥에 보내졌다. 그럼에도 불구하고 그의 노래는 몰래몰래 불렸다. 처벌의 수위는 점점 더 올라갔지만 사람들은 노래를 포기하지 않았다.

그 나라와 국경을 마주한 이웃 나라가 있었다. 예부터 그 나라와 문화의 뿌리를 공유한 이웃 나라 사람들은 그 나라 사람들 못지않게 그를 사랑했다. 그런데 몇 년 뒤 이웃 나라는 그 나라가 인류 역사상 최악의 인권 침해 국가라는 이유를 들어 전쟁을 선포했다. 사실 그것만이 이유는 아니었지만, 전쟁의 명분으로 삼기에는 충분했던 듯하다.

두 나라 사이에서 전쟁이 일어난 지 1년 뒤, 강대국들이 차례로 전쟁에 뛰어들더니 3차 세계 대전으로 번졌다. 왜 전쟁이 시작되었는지 사람들이 잊어버릴 때까지 계속된 전쟁 속에서 수많은 사람들이 목숨을 잃었다.

10년에 걸친 전쟁이 막을 내리자 승전국 연방을 대표하는 강대국은 그 가수의 노래와 함께 그가 태어난 나라의 다른 모든 노래들까지 금지하는 법을 만들었다. 전쟁이 일어난 이유를 음악 탓으로 돌린 것이었다.

수천 년 전의 세상에서는 아무 죄도 아니었던 일들, 예를 들어 열 살짜리 어린이에게 아침부터 저녁까지 돌무더기 나르는 일을 시키는 것과 같은 일이 이제는 대부분의 나라에서 큰 벌을 받는 범죄 행위가 된 것처럼, 규제는 점점 진화해 특정 국가뿐만 아니라 전 세계에서 모든 종류의 음악을 금지하는 법이 제정되기에 이르렀다.

"불건전 소음은 인간의 이성을 마비시켜 불필요한 감정에 휘둘려 유해한 행동을 초래하게 하며, 그 결과 인류 문명과 윤리 질서의 붕괴를 초래한다."

나는 위키 문서의 마지막 단락에 쓰인 글귀를 소리 내어 읽어 보았다. 글로 읽을 땐 제법 그럴싸하고 이성적인 말처럼 보였는데 소리 내어 읽어 보니까 얼토당토않은 궤변이라는 것을 바로 알 수 있었다. 하지만 이 세계에서는 이 궤변이 나 빼고 모든 사람이 당연하게 받아들이는 상식이었다.

음악이 사람을 '유해한' 존재로 만든다? 몇 번을 생각해도 납득할 수 없었다. 음악이 사람을 감정적으로 만든다는 말까지는 알겠다. 엠파이어 노래를 들으면 울 것 같아지기도 하고, 반대로 웃음이 터지기도 하니까. 하지만 감정적인 게 유해한 건가? 이성을 마비시키기 때문에?

알 수 없었다. 누군가의 설명이 필요했다. 설명을 듣는다고 이해할 자신은 없었지만.

음악 없는 세계에서 일주일째 맞는 아침.

나는 여전히 이 세계에 적응 못 하는 중이다. 학교에도 거리에도 텔레비전과 SNS 영상에도 음악이 쏙 빠져 있는 세계는 단조롭고 지루하며 무서울 정도로 조용했다.

어제는 마을버스를 타고 학원에 가는데 승객 중 한 사람이 무심결에 "어?" 하는 소리를 냈다. 그러자 모든 승객들은 동시에 고개를 들고 소리 낸 사람을 빤히 쳐다보았다. 꼭 눈치 없는 애가 분위기 깨는 농담을 할 때처럼. 그 사람은 승객들을 향해 연신 고개 숙여 사과했다. 욕을 하거나 남을 해코지한 것도 아닌데 저렇게까지 사과해야 할 일인가 싶었다. 그러나 이 세계에서는 아주 작은 소음도 남을 불편하게 하는 민폐 행위이자 범죄 행위였다.

음악이 사라지기 전의 세계였다면 승객 중 절반은 이어폰을 끼고 있어 애초에 듣지 못했을 테고, 이어폰 없어도 창 밖에서 흘러드는 다양한 소리 때문에 아무도 신경 쓰지 않았을 것이었다. 참고로 이 세계에는 이어폰이나 헤드폰이 없다. '불건전 소음'을 개인이 은밀하게 들을 수 있게 돕는 유해한 도구는 멸종된 지 오래였다. 아빠에게 생일 선물로 받은 내 블루투스 이어폰도 귀신처럼 사라졌다. 은수 포카처럼.

나는 한숨을 쉬며 유튜브 어플을 열었다. 이 세계에는 은수와 엠파이어가 존재하지 않는다는 사실을 나는 여전히 받아들이지 못하고 있다. '내가 좋아할 영상' 목록에는 전혀 내 취향이 아닌 영상들만 올라와 있었다. 그중 '프랑스 리옹 힐링 여행' 영상을 플레이해 봤다. 인스타 사진처럼 예쁘게 찍은 외국의 바닷가 풍경이 철

썩이는 파도 소리와 함께 흘러 나왔다. 어쩐지 밋밋했다. 배경 음악이 없으니 안 그래도 지루한 영상이 더 지루하게 느껴졌다.

이 세계는 음악 말고도 금지하는 것들이 무척 많다. 음악이 사라지기 전의 세계보다 훨씬 도덕의 기준이 높다고 할까. 우선 학교에 가면 욕을 하는 애들이 한 명도 없다. 입에 갖은 욕을 달고 다니는 탓에 반 여자아이들 사이에 항상 최악으로 꼽히던 남자애가 종일 입을 꾹 다문 채 핸드폰만 보는 걸 봤을 때는 어이가 없었다. 그때는 내심 잘 됐다고, 이 세계에도 좋은 점은 있다고 생각했더랬다. … 처음에는.

그저께 일이었다. 서은이가 새 운동화를 신고 학교에 왔다.

"와, 존× 예쁘다."

내 취향에 딱 맞는 운동화라 나도 모르게 큰 소리로 감탄했다. 그동안 나를 계속 밀어내려 드는 서은이의 관심을 끌고 싶다는 간절한 마음에 조금 오버했는지도 모르겠다.

"뭐라고…?"

서은이는 날 빤히 쳐다봤다. 서은이뿐만이 아니었다. 주변에 있던 애들 전부가 입을 딱 벌린 채 나를 쳐다보고 있었다.

"운동화 존× 예쁘다고. 어디서 샀어?"

서은이는 대답 대신 헤실거리는 나의 시선을 피하며 슬금슬금 뒤로 물러났다. 어리둥절한 내 등 뒤에서 반장이 한 손에 핸드폰을 든 채 말했다.

"신규리, 지금 바로 교무실로 내려가."

"뭐? 내가 왜?"

"네가 방금 한 불량한 말, 선생님께 전달됐어. 교무실로 내려가, 빨리."

어쩔 수 없이 교무실에 갔더니 담임선생님이 심각한 표정을 짓고 나를 기다리고 있었다. '존×'라는 비속어를 두 번 연속으로 입에 담았다는 이유로 나는 벌점 처분을 받았다. 어안이 벙벙했다. 중학교 3년 내내 한 번도 받아 본 적 없는 벌점을, 쉬는 시간에 친구끼리 '존×'라는 말 좀 했다고 받다니. 내가 무슨 유치원생도 아니고! 심지어 담임선생님은 우리 엄마에게 연락까지 했다.

벌점을 받고 집에 간 나는 엄마 얼굴을 보자마자 와락 울음을 터뜨렸다.

"엄마, 진짜 억울해. 난 그냥 서은이 칭찬하다가 존×라는 말이 나온 것뿐이야. 욕하려고 말한 게 아니라고. 그리고 솔직히 '존×'가 그렇게 심한 욕이야?"

엄마는 펄쩍 뛰더니 입가에 집게손가락을 가져갔다.

"쉿! 얘가 어디서 그런 불결한 말을 입에 담아? 큰일 나려고!"

엄마는 누가 듣기라도 할 것처럼 불안해하며 목소리를 한껏 낮추었다. 아빠는 안절부절못하며 베란다 유리창에 블라인드까지 쳤다. 엄마랑 아빠도 이상해졌다. 늘 '지구는 나를 중심으로 돈다' 는 태도로 살던 엄마는 어깨를 잔뜩 움츠린 채 사사건건 남 눈치 를 보고, 매일 어디서 배워 온 아저씨 농담을 던지고는 엄마랑 나 한테 욕을 먹으며 혼자 킥킥거리던 아빠는 표정 없는 얼굴로 소파 에 주저앉아 텔레비전 뉴스만 반복해서 보았다.

"너, 그러다 시설 들어가면 어쩌려고 그래?"

"시설?"

엄마는 내 어깨를 꽉 잡고 힘없는 목소리로 부르짖었다.

"정서교정시설! 몰라? 너, 정말 왜 이러니? 애가 이상해졌어!"

'정서교정시설', 일명 '시설'은 나의 위키피디아 검색 목록에 새 롭게 추가된 키워드로, 이 세계의 소년원 같은 곳이었다. 정서교정 시설에는 만 12세부터 18세까지 '잠재적 위험인'으로 분류된 청소 년들이 수용되며, 짧게는 한두 달에서 길게는 몇 년 동안 감금된 채 가족과 외부와 단절되어 살아야 한단다.

현재 전국 30여 개소에 있는 정서교정시설에서는 수용 청소년 들의 유해 매체 및 유해 사상에 중독된 정서를 올바른 방향으로 전 환하여 최종적으로 잠재적 위험인 단계를 벗어나 스스로 점검하고

교정할 수 있는 자조 단계로 인도하는 정서 재활 프로그램을 연중무
휴, 24시간 체제로 제공합니다. 본 시설에서 정서 재활이 진행되는
동안에는 법적 보호자들의 개입을 청소년 보호 법률에 의거하여 금
지합니다.

정서교정시설 공식 홈페이지 대문에 걸려 있는 글귀가 어쩐지
섬뜩했다. '정서 재활'이란 뭘까? '재활'의 사전적 의미는 '회복시키
다'라는 뜻이다. 원래대로 되돌린다는 말인 것이다. 좋은 뜻으로만
이루어진 문장이 왜 이리 섬뜩하게 들리는지 모를 일이었다. '정서
재활'이 정확히 어떤 방식으로 이루어지는지를 인터넷에서 찾아보
았지만 음악에 대해 검색했을 때처럼 전혀 나오지 않았다.

청소년 보호 법률 관련 정보를 찾아보니 청소년이 '잠재적 위
험인'으로 분류되어 시설로 보내지는 기준은 단 하나, 벌점이었다.
문제는 벌점을 받는 기준이 너무 빡빡하다는 거였다. 나처럼 욕을
한 아이가 받는 벌점은 그나마 약한 수준이었다. 아이들끼리 폭력
을 쓰거나 공공 기물을 파손하면 큰 벌점을 받았고, 술 담배와 약
물 복용은 말할 것도 없이 무거운 벌점이 매겨지는 죄였다. 하지만
그중에서도 가장 큰 벌점이 매겨지는 항목은 '정부와 국가수반을
향한 근거 없는 비방', 그리고 '불건전 소음 발성'이었다. 불건전 소
음 발성이란 장소와 맥락을 불문하고 노래를 부르거나 음악을 연

주하는 죄를 뜻한다.

이 세계에는 마음 놓고 믿을 친구가 없다. 이런 시설과 벌점이 지배하는 세계에서 친구를 사귀는 게 가능할까?

벌점을 받은 뒤 나는 최대한 몸을 사리고 학교에 갔다. 서은이 랑은 절교한 것과 마찬가지인 상태가 되었다. 어차피 반 아이들은 아무도 나에게 말을 걸지 않았다. 마치 내가 무시무시한 '학폭' 가 해자라도 된 것처럼 모두가 나와 거리를 두었다.

아무래도 나는 왕따가 된 것 같다.

혼자 보내야 하는 점심시간이 전혀 즐겁지 않았다. 나는 대충 밥을 먹고 아이들이 뜸한 곳을 찾아 서성거렸다. 학교 후문에서 오 른쪽으로 꺾어 들어가면 있는 작은 생태 꽃밭 맨 구석에 있는 치 자나무 앞 오래된 벤치는 다행히 내가 기억하는 모습과 똑같았다. 여기는 아이들이 잘 안 오는 곳이라 커플들이 둘만의 시간을 보내 거나 혼자 시간 보내기에 좋았다.

치자나무 벤치 주변에는 쥐새끼 한 마리 없었다. 그러고 보니 이 세계에는 학교에서 사귀는 커플들도 없는 것 같다. 학생끼리 서 로 합의하에 사귀는 것도 이 세계에서는 벌점 먹는 큰 죄인지도 모 르겠다.

나는 하릴없이 벤치에 앉아 핸드폰을 켰다. 하지만 엠파이어와 은수가 나오지 않는 핸드폰은 전혀 위로가 되지 않았다. 눈을 감고 은수를 떠올렸다. 상상 속에서 은수는 내가 가장 좋아하는 의상을 입고 내가 가장 좋아하는 엠파이어의 노래를 불렀다. 화려한 조명에 둘러싸여 춤추는 은수와 멤버들. 팬들은 한마음으로 노래 후렴구를 따라 불렀다. 나도 응원봉을 꼭 쥐고 은수의 손짓에 맞춰 온 힘을 다해 노래했다.

콧속이 간질간질해졌다. 목구멍 안이 뜨거워졌다. 노래하고 싶어졌다. 지금 당장 큰 소리로.

하지만 이 세계에서는 노래를 부르면 안 된다. 벌점을 받고 이상한 교정 시설에 들어가 강제로 치료를 받아야 한다. 부르면 안 된다는 걸 아는데도 내 몸은 멋대로 움직이며 콧노래가 새어 나왔다. 흠, 흠. 의미 없는 콧소리 여러 개가 이어지며 멜로디를 만들어 냈다.

"너는 나만의 미스터리, 아무도 모르는 은밀한 기적."

나는 소리 죽여 엠파이어 노래를 부르기 시작했다. 한번 노래가 터지기 시작하자 멈추지 않았다. 움찔움찔, 들썩들썩. 어깨와 무릎이 리듬을 탔다. 나는 결국 엠파이어 히트곡 세 곡을 연속으로 부르고 시원해진 기분으로 꽃밭을 떠났다. 그날 수업이 끝날 때까지 나에게 벌점이 매겨지는 일은 일어나지 않았다. 다행히 노래 부르는 걸 아무에게도 들키지 않은 것 같다. 가슴을 쓸어내리는 것과 동시에 세상의 모든 범죄자들이 하는 생각과 꼭 같은 생각이 내 머릿속에 싹텄다. 그러니까, 들키지만 않으면 된다, 이거다.

그날부터 나는 주변에 사람이 없다 싶으면 작은 소리로 노래를 불렀다. 마치 어른들이 하지 말라는 짓을 하는 불량 청소년이 된 것 같았다. 하기야 이 세계에서는 노래를 부르는 일이 그 어떤 불량 행위보다 더 나쁜 짓이니 술이나 담배 같은 건 한 번도 안 해 보고 연애도 못 해 본 나 같은 애도 훌륭한 불량 청소년으로 분류될 테지.

노래가 사라진 세계이니 내가 직접 부르는 수밖에 없었다. 내 노래와 춤 실력은 점수로 따지면 50점 수준이지만 어쩔 수 없었다. 이것만이 내가 은수와 엠파이어를 잊지 않고 기억하는 방법이었다.

오늘도 점심시간에 혼자 치자나무 벤치에서 은수의 솔로곡을 부르고 왔다. 어제는 집에 가는 길에 갑자기 어렸을 적 엄마랑 같이 봤던 어린이용 애니메이션 주제가가 떠올라서 신나게 부르다 하마터면 지나가던 아줌마한테 들킬 뻔했다. 그 어떤 지겹고 촌스러운 노래도 이 세계에서는 최고의 음악이었다.

쉬는 시간을 알리는 소리가 들렸다. 참 들어도 들어도 귀에 거슬리는 소리다. 이마를 찡그리고 교과서를 가방에 집어넣는데 무언가가 내 코끝을 스치며 툭 떨어졌다. 작은 딱지 모양으로 접힌 쪽지였다. 나는 무심코 쪽지에 손을 뻗으며 위를 올려다보았다. 덩치 큰 남자애가 나를 지나쳐 교실 뒷문을 향해 걸어가고 있었다. 헤드폰이었다. 더는 헤드폰을 끼지 않는 헤드폰.

나는 조심스레 쪽지를 펼쳐 보았다. 공책 귀퉁이를 껌 포장지만큼 작게 오려서 만든 쪽지에는 짧은 글이 쓰여 있었다.

"치자나무 벤치. 1시 5분."

소름이 돋았다. 설마 헤드폰은 내가 점심시간마다 치자나무 앞 벤치에 간다는 걸 알고서 쓴 걸까? "1시 5분."이라는 말은 1시 5분에 만나자는 뜻인가? 왜? 혹시 내가 거기서 남몰래 혼자 노래를 부른다는 사실도 알고 있는 걸까? 협박이나 스토킹은 아닐까?'

평소에 말 한마디 눈길 한번 주고받은 적 없는 헤드폰이 갑자기 나한테 왜 이러는지 알 수 없어 두려웠다. 동시에 궁금하기도 했다. 쪽지는 아이들 모두 나를 꺼리기 시작한 후 처음으로 나에게 걸어온 말이었으니까.

혼란 속에서 시간은 흐르고 어느새 1시가 되었다. 나는 고민 끝에 쪽지를 교복 재킷 주머니에 넣고 꽃밭으로 내려갔다. 치자나무 앞 벤치에 덩치 큰 남자애가 홀로 앉아 있었다. 헤드폰이었다.

"이거 뭐야?"

나는 주머니에서 쪽지를 꺼내 헤드폰 앞에 들이밀며 내뱉었다. 아무렇지 않은 척하고 있지만 심장이 마구 뛰었다.

“어, 왔네.”

헤드폰이 고개를 들고 나를 보며 말했다.

“이거 뭐냐고. 갑자기.”

“궁금해서.”

“뭐가 궁금한데?”

“네가 날마다 이 시간에 여기서 하는 일.”

역시 헤드폰은 다 알고 있었다. 나는 떨림을 감추려 애쓰며 간신히 부르짖었다.

“내, 내가 여기서 뭘 했다고 그래?”

헤드폰은 안 그래도 낮은 목소리를 한껏 낮추어 속삭였다.

“쉿! 목소리 낮춰.”

나는 입을 다물었다. 헤드폰은 손으로 벤치를 가리켰다.

“여기 앉아서 말해.”

헤드폰은 몸을 일으켜 벤치 끄트머리로 비켜 앉았다. 반대편 끝자리에 어색하게 자리 잡은 나를 향해 헤드폰이 손을 까닥였다.

“왜 그렇게 떨어져 앉아? 이리 와.”

애가 갑자기 왜 이러나 싶었지만 헤드폰의 표정은 더없이 심각했다. 생각해 보니 남에게 들키지 않게 작은 소리로 대화하려면 최대한 둘이 가까이 앉는 수밖에 없었다. 어쩔 수 없이 나는 헤드폰 바로 옆으로 자리를 옮겼다. 어깨가 스칠 듯 말 듯했다. 남자애랑

이렇게 붙어 앉아 보는 건 처음이었다. 너무 어색했다.

헤드폰이 물었다.

"너, 날마다 여기 와서 혼자 소리 내지."

"그걸 어떻게 알?"

나도 모르게 되물었다가 자백하는 꼴이 될까 봐 재빨리 입을 다물었다.

"신고하려고 이러는 거 아니니까 걱정 마. 여기는 원래 내 아지트거든. 어느 날부터 네가 먼저 벤치를 차지하고 있길래 그냥 다른 곳에 가려고 했더니, 갑자기 소리를 내더라."

'소리'는 아마도 내가 이곳에서 매일 불렀던 엠파이어 노래를 뜻하는 말일 것이다. 나는 뭐라 대답할 말을 찾지 못해 입을 다물었다.

헤드폰이 고개를 돌려 나를 보고 물었다.

"그런 소리는 어디서 들었어?"

"어….."

할 말이 없었다. 이 세계에는 음악이 없고, 가수도 아이돌 산업도 엠파이어도 존재하지 않는데 어떻게 설명할 수 있단 말인가? 나는 그냥 둘러대기로 했다.

"옛날부터 알던 거야."

“옛날? 얼마나 옛날?”

“어… 그냥 많이 옛날.”

“유치원 때? 그보다 더 아기였을 때?”

헤드폰은 나를 바라보며 계속 물었다. 궁금증에 가득 찬 진지한 눈빛이 어린아이 같았다. 그런 눈빛을 마주하자 헤드폰이 나를 신고하거나 협박할지도 모른다는 두려움이 조금 얇아졌다.

“어떻게 그렇게 복잡하고 긴 소리를 오랫동안 낼 수 있는 거야?”

“그건… 그냥 따라 하다 보면 되는데.”

“따라 해? 누구를?”

갑갑해서 벌떡 일어나고 싶었다. 아무래도 나한테는 남을 가르치는 재능은 없는 것 같다.

“아 진짜, 이걸 어떻게 설명해. 그냥 따라 하다 보면 되잖아.”

“그러니까 뭐를 어떻게 따라 하냐고.”

문득 머리 위에서 새들이 푸드덕거리는 소리가 들렸다. 벤치 맞은편 목련나무에 까치들이 앉았다. 그중 한 마리가 깍깍 울기 시작했다. 나는 까치를 손가락으로 가리키며 헤드폰에게 설명했다.

“저 까치들이 ‘깍깍’ 하고 울잖아. 깍, 깍! 이런 식으로 그냥 따라 하는 거야.”

“그런 소리를 왜 따라 하는데? 무슨 의미가 있다고?”

"재미있으니까?"

헤드폰은 어안이 벙벙해진 표정으로 나를 바라보았다.

나는 어깨를 으쓱하며 중얼거렸다.

"노래를 왜 따라 부르냐니… 노래 부르는 데 무슨 이유가 필요해? 그냥 부르고 싶으면 부르는 거지."

"노래? 노래가 뭔데?"

"'불건전 소음'을 부르는 나만의 은어랄까. 어, 그래. 내가 지어 낸 말이야."

더 이상 설명할 능력도, 자신도 없어서 대충 둘러댔다. 헤드폰은 황소처럼 눈을 껌벅이며 말했다.

"그래? 난 그런 말 처음 들어 본다. 그럼 네가 그동안 여기서 냈던 길고 복잡한 소리도 노래야?"

"그런 셈이지."

"신기하네."

헤드폰은 손에 턱을 괴고 혼잣말했다.

"세상에 신기할 일도 많네."

꿍얼거리는 나에게 문득 헤드폰이 얼굴을 슥 들이대더니 안 그래도 낮은 목소리를 한 톤 더 낮게 깔며 속삭였다.

"실은 나도 네가 말하는 '노래'라는 걸 들어 본 적이 있어."

나는 깜짝 놀랐지만 덩달아 목소리를 최대한 죽여 되물었다.

"그래? 정말? 언제?"

"어렸을 적에 우리 엄마가 밤마다 자기 전에 내 등을 토닥거리며 묘한 '소리'를 냈어. 네가 낸 소리처럼 아주 길고 복잡한 소리는 아니었지만. 날마다 똑같은 소리를 내서 아직도 기억이 나."

"그래? 혹시 그게 어떤 '소리'였는지 따라 할 수 있어?"

헤드폰은 난감한 표정을 지었다.

나는 재촉했다.

"아무도 없으니까 딱 한 마디만 따라 해 봐."

헤드폰은 더욱 난감해했다. 당연한 일이었다. 이 세계에서 노래하는 일은 큰 죄고, 이 세계 아이들은 태어나서 한 번도 노래해 본 적이 없으니까. 하지만 나는 나 말고 이 세계에 노래 부를 줄 아는 사람이 있다는 사실이 너무나 반가워 앞뒤를 가릴 짬이 없었다.

헤드폰은 헛기침을 하더니 깊은 동굴에서 울리는 듯한 낮은 목소리로 아주 짤막하게 노래했다.

"자장, 자장."

"자장가였구나!"

"자장가?"

"아기를 재울 때 엄마가 불러 주는 노래 자장가라고 해. 그나저나 너네 엄마는 노래를 할 줄 아시는 거야? 지금도 자장가 불러 주셔?"

헤드폰은 무덤덤하게 말했다.

"엄마는 나 초등학교 때 돌아가셨어."

"그렇…구나."

"초등학교 때는 엄마가 생각날 때마다 그 '자장가'라는 게 머릿속에 먼저 떠오르더라."

"떠올리기만 했어? 따라 부르지는 않았고?"

헤드폰은 황당하다는 듯 나를 보며 말했다.

"너는 진짜 겁이 없구나."

"그런가? 나는 그냥 다들 죽은 듯이 조용하기만 한 게 너무 참기 힘들어. 그뿐이야.

"나도 너처럼 겁이 없었으면 엄마 소리를 따라 했을지도 모르겠다. 아무튼 엄마 소리를 떠올리는 동안에는 엄마가 살아서 나랑 같이 있는 것 같았으니까."

헤드폰은 민망한 듯 굵은 손가락 끝으로 코를 긁적였다.

나는 한숨을 쉬며 말했다.

"나도 그래. 은수 노래를 부르고 있으면 은수가 내 옆에 있는 것 같아."

"은수?"

"내가 세상에서 가장 좋아하는 사람. 그런데 이 세계에는 더 이상 없어."

"꼭 우리 엄마 같네."

"그래. 너네 엄마처럼."

우리는 한동안 말이 없었다. 정적이 흐르는 꽃밭에 새소리와 꿀벌이 날갯짓하는 소리만 간간이 울렸다. 침묵이 쇠사슬처럼 가슴을 짓눌렀다. 노래에는 그런 힘이 있다. 여기에 없는 사람을 불러들이는 힘, 사라진 감정을 돌려주는 힘.

헤드폰이 먼저 침묵을 깼다.

"그 은수라는 사람 소리, 아니 노래. 지금 내 볼 수 있어?"

나는 한숨처럼 작은 소리로 노래했다.

"너는 나만의 미스터리, 아무도 모르는 은밀한 기적."

"뭐냐, 말이 좀 이상하다."

"노래 가사는 원래 그런 법이야."

"가사는 또 뭔데?"

가르쳐 줄 게 태산이었다. 나는 헤드폰 앞에서 엠파이어 노래 1절을 끝까지 불렀다. 그러자 헤드폰은 내가 부른 노래를 대뜸 비슷하게 따라 불렀다. 음감이 제법이었다. 내가 있던 세계에서 헤드폰은 록 '덕후'였으니 그 재능이 이 세계에서도 남아 있는지도 모를 일이었다.

사흘 뒤. 헤드폰은 나에게 엠파이어 대표곡 세 곡과 은수 솔로곡 두 곡을 배웠다. 우리는 점심시간마다 치자나무 벤치에서 작은 소리로 엠파이어 노래를 불렀다. 헤드폰은 놀라운 집중력으로 노래를 배웠다. 우리가 원래 있던 세계의 헤드폰이었다면 엠파이어가 아이돌이라고 무시하며 '록부심'을 부렸을지도 모르지만 이 세계의 헤드폰은 아주 진지한 태도로 엠파이어 노래를 부른다. 남자애한테 남자 아이돌 노래를 강제 입덕시키는 꼴이 우습기도 하고 재미있었다.

아무도 없는 곳에서 단둘이 은밀하게 엠파이어 노래를 부르고 있으면 엠파이어는 이전 세계에서보다 더 멋지고 신비롭고 대단한 존재처럼 느껴졌다. 동시에 이 세계에는 엠파이어가 없다는 사실이 두 배로 슬퍼졌다. 그러면 그 슬픔을 덮기 위해 또다시 노래를 불렀다. 돌아가신 엄마의 자장가를 떠올리면 꼭 엄마가 살아서 곁에 있는 것 같았다는 헤드폰의 말처럼 엠파이어의 노래를 부르는 동안에는 엠파이어가 내 곁에 있는 것 같았다. 나는 노래가 얼마나 소중한지를 노래가 영원히 사라진 세계에서 온몸으로 깨달았다.

"은수라는 사람은 어떤 사람이었어?"

헤드폰에게 이런 질문을 들으면 어깨가 으쓱해진다.

"우리 은수는 대한민국 최고의 아이돌이었어. 최고로 잘생기고 멋지고 재능 넘치는 가수였지."

"넌 그런 걸 다 어떻게 알아?"

"그건, 음. 원래 우리가 살던 세계에는 노래가 있었어. 너도 그

건 알 텐데."

"먼 옛날에는 그런 게 있었다고 들었어. 사람들에게 유해한 영향을 끼치니까 금지된 거지."

헤드폰의 말에 나는 발끈했다.

"유해는 개뿔. 그러면 너는 왜 내 노래 따라 하는데? 좋으니까 따라 하는 거잖아."

"나도 잘 모르겠어. 그냥 네가 하는 걸 따라 하다 보니까 혼자서도 계속 하게 돼. 노래라는 거 정말 이상하고 신기해. 머릿속에서 떠나지를 않으니까 말이야. 이러니까 나라에서 금지하는 건가. 사람을 중독에 빠뜨리니까…."

"뭐야. 중독은 술이나 약물처럼 사람의 의지를 무너뜨리는 것들에나 붙이는 말이지. 노래는 사람의 의지를 무너뜨리기는커녕 오히려 사람에게 용기를 주고 의지를 북돋워 주는데, 중독은 무슨 중독이고 금지는 무슨 금지야."

나도 모르게 발끈해서 쏘아붙이고 말았다. 뒤늦게 아차 싶어서 입을 다문 나를 헤드폰이 신기한 듯 바라보며 중얼거렸다.

"너 볼수록 되게 희한한 녀석이다. 어떻게 그런 생각을 할 수 있냐."

"희한한 건 내가 아니고 지금 이 세상…. 아니다. 됐어. 말해 뭐 하겠니."

"아무튼 내가 궁금한 건 이거야. 우리 엄마는 어디서 자장가를 배웠던 걸까? 우리 아빠도 엄마가 생전에 그런 노래를 불렀다는 사실을 전혀 몰랐던 것 같아. 하긴 알고도 모르는 척해야 했겠지만."

"그 사실을 발설하기만 해도 잡혀갈 테니까?"

"그렇지."

가슴이 서늘해졌다. 우리는 노래를 부르면서도 언제나 귀를 열어 놓고 온몸의 신경을 곤두세워야 했다. 멀리서 인기척이라도 들려오면 즉시 입을 다물어야 했으니까. 재미있는 건 이 세계의 규칙에 익숙한 헤드폰이 노래할 때는 나보다 훨씬 열심이라는 사실이었다.

그렇게 일주일이 흘렀다. 아침에 학교에 갔더니 내 책상 서랍 안에 두 번째 쪽지가 들어 있었다.

"괜찮을까?"

"글쎄."

나와 헤드폰은 누구한테 보낸 건지 알 수 없는 쪽지를 함께 보며 고민했다. 쪽지 내용은 내가 처음 헤드폰한테 받았던 것처럼 앞뒤 맥락 없이 간단했다.

'치자나무 벤치. 들었음.'

딱 그렇게만 쓰여 있었다. 누가 썼는지 들키지 않으려고 프린터로 인쇄한 쪽지였다.

"우리가 노래하는 소리를 들었다는 말이겠지?"

"그렇겠지."

고민스러웠지만 미지의 쪽지 발신자도 헤드폰처럼 순수하게 궁금한 마음으로 보냈을지 모른다는 생각이 들었다. 나를 해코지할 생각이라면 선생님에게 고발하면 그만이지, 굳이 쪽지 같은 귀찮은 형식을 취할 것 같지는 않으니까. 헤드폰과 나는 일단 치자니무 벤치로 갔다. 뜻밖에도 반장이 벤치 앞에서 기다리고 있었다.

반장은 혼자 산책하다 우연히 우리가 부르는 노래를 들었다고 말했다. 내가 실수로 욕을 했을 때처럼 선생님께 신고할 생각은 없다고 하면서, 헤드폰처럼 아주 어렸을 적에 할머니가 시골에서 밭을 매면서 부르시던 노래를 들은 적이 있다고 했다.

그날 이후 반장도 나에게 노래를 배우기 시작했다. 반장도 헤드폰처럼 노래에 푹 빠져들었다. 이어서 반장의 베프도 노래를 배우고 싶다며 우리를 찾아왔다. 나는 수업이 끝난 뒤 사람이 없는 뒷산 공원에서 노래를 가르쳐 주었다.

그렇게 엠파이어의 노래는 변이 바이러스처럼 우리 반 아이들에게 은밀히 퍼져 나가기 시작했다. 노래를 가르치면서 알게 된 것은 어릴 저에 부모님이나 조부모님이 남몰래 부르는 노래를 들은 적 있는 아이들이 생각보다 많다는 사실이었다. 어떤 아이는 부모님이 불건전 소음 발성 죄목으로 성인 전용 정서교정시설에 끌려갔다 온 적도 있다고 했다. 이 세계에서 노래는 미약하게나마 명맥을 유지하고 있었다.

"우리는 엠파이어, 영원한 희망의 제국."

아이들이 숨죽인 소리로 입을 모아 노래 불렀다. 찬송가 부르듯 진지하게 노래하는 아이들을 바라보며 나는 전율을 느꼈다. 나는 이 세계에서 단 하나뿐인 엠파이어 전도사가 되었다.

엠파이어가 누군지도, 아이돌이 뭔지도 모르는 원시 종족 같은 아이들한테 우리 은수와 엠파이어의 노래를 전수하다니! 몇천만 원어치 서포트를 하고 아이돌 매니저들과도 안면을 트고 지내는 네임드 성덕들도 지금의 나만큼 큰일은 해낼 수 없을 거다.

노래를 배운 아이들은 내가 그랬던 것처럼 혼자서도 노래를 흥얼거리게 되었다. 원래 좋은 음악이란 한번 머릿속에 새겨지면 평생 떨쳐 낼 수 없다. 그렇게 노래는 전교생에게 퍼져 나갔다. 우리 학교 아이들 사이에서는 엠파이어 노래 제목과 가사 구절이 서로의 비밀을 확인하는 암호가 되었다. 이러다 우리 학교뿐만 아니라 우리 동네 전체, 우리나라 전체로 엠파이어의 노래가 퍼지는 건 시간문제라는 생각이 들었다.

나의 1호 전수자 헤드폰은 아주 노래를 잘 부르게 됐다. 이제는 엠파이어 노래를 갖고 나름의 편곡까지 했다. 한 번은 빠른 댄스 곡을 발라드풍으로 바꾸어서 불러 줬는데 그럴싸했다.

예전 세계로 지금의 헤드폰이 돌아간다면 아이돌까지는 어렵겠지만 최소한 인디 밴드 멤버나 힙합퍼가 되었을지도 모르겠다. 나 원 참. 노래도 가수도 없는 세상에서 살다 보니 별 쓸데없는 생각이 다 든다.

하릴없이 헤드폰을 바라보며 그런 생각에 잠겨 있는데 문득 그 애가 말을 꺼냈다.

"너한테 들려줄 게 있어."

"뭘?"

"이따 수업 끝나고 나서."

'뭐야, 갑자기.'

수업이 끝난 뒤 나는 헤드폰과 함께 동네 개천 뚝방길을 따라 집으로 걸어갔다. 우리는 어쩌다 보니 베프 사이처럼 친해졌다. 물론 어디까지나 친구 사이지만. 그래도 괜히 신경이 쓰여서 앞머리랑 눈썹 상태를 한 번 확인했다.

한참 걸어가도 헤드폰은 별말이 없었다. 원래 말이 많은 애는 아니지만 오늘따라 유난히 답답했다.

결국 내가 못 참고 먼저 말을 걸었다.

“나한테 들려줄 게 뭔데?”

헤드폰은 걸음을 멈추고 주변을 확인하고 험! 하고 헛기침을 하더니 굵직한 목소리로 천천히 노래했다.

“고요에 갇혔던 세상, 침묵으로 묶였던 세상, 세상에 소리가 돌아왔다. 세상이 달라졌다. 네가 있어서, 나에게 소리를 가져온 사람.”

어디선가 들어 본 듯하면서도 처음 들어 보는 멜로디였다.

“헐. 뭐…야.”

가만히 서서 듣고 있자니 얼굴이 뜨끈뜨끈해졌다. 얼굴뿐만 아니라 목덜미 주변까지 뜨끈거리며 달아오르더니 급기야 간질간질해지기 시작했다. 모기나 벌레가 나오는 계절도 아닌데 왜 이러지. 나는 얼굴을 한껏 찡그리며 온몸을 돌아다니는 간지러움을 꾹 참았다.

헤드폰은 노래를 멈추고 내 눈치를 살피며 말했다.

“어제 내가 만든 노래야.”

“어… 그래.”

“표정이 안 좋네. 많이 이상해?”

“어… 아니 뭐, 멜로디는 괜찮은데. 가사가 좀 그렇다?”

“역시 그런가?”

헤드폰은 고개를 숙인 채 머리를 긁적였다. 얼굴이 나처럼 벌게

진 채였다.

머릿속이 빙글빙글 돌았다. 무슨 말을 해야 할지 모르겠어서 핸드폰 액정만 껐다 켰다를 반복했다. 헤드폰도 나와 비슷한 상태인 것 같았다.

"신규리 학생."

별안간 낯선 목소리가 내 이름을 불렀다. 우리는 기겁하며 앞을 바라보았다. 처음 보는 여자 어른이 길을 막고 서 있었다. 그 사람은 이어서 헤드폰의 이름을 불렀다.

"차명원 학생."

"네?"

"잠깐 대화 좀 할까요?"

그 사람의 등 뒤에는 잔뜩 굳은 얼굴의 담임선생님, 그리고 역시 처음 보는 남자 어른이 뒷짐을 지고 서 있었다. 그는 경찰복을 입고 있었다.

뒷덜미에 얼음물이 흐르는 듯한 느낌이 들었다.

세 시간 뒤.

학교 교무실에서 한 시간 넘게 취조를 받은 나는 경찰서로 인계되었다. 나와 헤드폰은 불건전 소음 발성죄와 더불어 다른 학생들을 선동한 죄로 정서교정시설에 보내지게 되었다.

교무실에는 내가 노래를 가르쳐 준 반 아이들이 한 명도 빠짐 없이 끌려 와 있었다. 밀고자는 반장이었다. 반장은 울어서 벌겋게 부은 눈으로 나에게 미안하다고 사과했다. 일부러 고발한 게 아니라 학원 화장실에서 혼자 노래를 부르다 다른 아이에게 들켰다고 했다. 부모님들이 직장과 집에서 달려왔다. 우리 엄마는 하얗게 질린 채 숨 죽여 울었고, 아빠는 고장 난 로봇처럼 아무 말도 하지 않았다. 두 분 다 울기만 할 뿐 나를 위해 아무 일도 하지 않았다. 그럴 힘이 없었다.

경찰서로 넘겨진 우리는 또다시 오랜 취조를 받고 여러 종류의 서류에 지장을 찍은 뒤 경찰서 앞에 대기한 버스를 탔다. 겉면에 아무 글씨도, 무늬도 없이 새하얗게 밋밋한 버스 창문에는 가느다란 철창이 촘촘하게 박혀 있었다.

헤드폰은 나와 동떨어진 앞자리에, 나는 맨 뒷자리에 앉혀졌다. 우리 옆자리에는 각각 남자 경찰과 여자 경찰이 동승했다. 무릎 위에서 손이 와들와들 떨렸다.

"떨지 마. 오히려 기뻐해야지. 너희 같은 애들이 올바른 어른으로 거듭날 수 있도록 나라에서 무상으로 치료해 주는 거니까."

여자 경찰이 나를 위로하듯 상냥하게 웃으며 말했다. 이제는 정말 끝이라는 생각이 들었다. 차라리 큰 소리로 화내며 야단을 치는 편이 훨씬 마음이 놓일 것 같았다.

버스는 한참을 달렸다. 중간에 몇 번을 멈추더니 다른 아이들을 태웠다. 대부분 우리 또래였지만 초등학생으로 보이는 어린아이들도 있었다.

정서교정시설은 도시에서 무척 많이 떨어진 곳에 있는 것 같았다. 해가 지고 밤이 되자 차가 겨우 멈추었다. 나와 헤드폰과 다른 아이들은 모두 버스에서 내렸다. 눈앞에 새까만 아스팔트로 뒤덮인 허허벌판이 펼쳐졌다. 검은 땅과 밤하늘이 구분 가지 않았다. 주변은 불빛 하나 없이 캄캄한 야산늘에 에워싸여 있있다. 아스팔트 벌판 끝에는 병원처럼 생긴 깔끔하고 살풍경한 건물 여러 채가 서 있었다.

"모두 환영합니다."

스피커에서 방송이 들려왔다. 환영한다는 말이 사형 선고처럼 느껴졌다. 우리는 방송이 시키는 대로 공항의 검색 게이트처럼 생긴 통로가 설치된 건물 입구를 향해 일렬로 걸어갔다. 건물 입구에는 고딕체로 쓰인 표어 간판이 붙어 있었다.

"올바르게, 무해하게, 일관되게, 새로운 삶."

게이트 앞에는 나랑 헤드폰처럼 이곳저곳에서 이송되어 온 아이 여럿이 모여 수속을 밟고 있었다. 나는 내가 곧 겪을 일을 앞서 겪는 아이들을 눈을 크게 뜨고 지켜보았다. 아이들은 관리자들의 통솔에 따라 한 명씩 게이트에 연결된 통로 안으로 들어갔다. 하얀색 천으로 감싸인 통로 안에서는 빛이 간헐적으로 번쩍이며 새어 나오고 있었다. 통로 안에서 무슨 일이 일어나는지 궁금했지만 내가 선 곳에서는 잘 보이지 않았다.

나는 앞에 선 헤드폰에게 속삭였다.

"뭐가 보여?"

헤드폰은 동문서답을 했다.

"… 끝이다."

가슴이 철렁했다. 키 큰 헤드폰은 통로 안이 보이는 모양이었다. 헤드폰의 커다란 등이 미세하게 떨리는 것이 느껴졌다.

겁에 질린 나는 주먹으로 헤드폰의 등을 두드리며 캐물었다.

"왜 그래? 뭐가 보이는데? 응?"

"조용!"

관리자가 매섭게 소리 질렀다. 무슨 일이 벌어지는 건지, 통로를 지나 건물 안으로 들어갔을 때 나는 어떤 모습으로 변해 있을지 상상도 가지 않았다. 상상할 수 없는 만큼 두려웠다.

내 앞에서 헤드폰이 게이트 안으로 빨려 들어가듯 걷기 시작했다. 하얀 통로 안에서는 계속해서 빛이 번쩍이며 스피커에 전원을 켜 놓은 채 아무 음악도 틀지 않고 방치했을 때 나는 것 같은 불규칙한 전자음이 흘러나오고 있었다. 귀를 막고 싶어지는 불쾌한 백색 소음이었다.

헤드폰은 통로 앞에서 나를 한 번 돌아보았다. 통로 안에 서 있던 사람이 헤드폰의 머리에 커다란 헤드폰을 씌웠다. 나는 그 애에게 무슨 일이 벌어지는지 똑똑히 보려고 두 눈에 힘을 주었다. 하지만 귀랑 머리가 너무 아팠다. 점점 심해지는 소음 속에서 정신이 아득해졌다. 한순간 그 애가 헤드폰을 쓴 채 나를 돌아보았다. 그 애의 그런 표정은 처음이었다. 그 애가 나오지 않는 목소리로 나를 향해 외치고 있었다.

'뭐라고? 응?'

'도, 망, 가.'

눈이 번쩍 뜨였다. 머리맡이 진땀으로 축축했다.

침침한 어둠 속에서 나는 간신히 손을 들어 눈을 비볐다. 맞은편 벽에 붙은 커다란 사진이 가장 먼저 눈에 들어왔다. 은수의 포스터였다. 고개를 돌리자 책상 위에 놓인 은수의 포카도 보였다.

"신규리! 일어나!"

문밖에서 우렁찬 목소리가 들려왔다. 이어서 방문이 열리더니 엄마가 내 몸에서 이불을 홀렁 벗겨 냈다.

"7시 20분이야! 너, 이러다 또 지각한다?"

방문 밖에서 떠들썩한 소리가 들렸다. 어디서 많이 들어 본 소린데, 뭐였더라….

정신이 단번에 돌아왔다. 뭔지 알겠다. 베토벤의 '엘리제를 위하여'. 음악이 있는 세계로 돌아왔다. 나는 책상 위에 놓인 은수 포카 앨범과 핸드폰을 동시에 낚아챘다. 포카들은 내가 기억하는 그대로 잘 있었다. 핸드폰 음악 어플도 되살아났다. 유튜브에 접속하자 내가 봤던 엠파이어 영상들이 줄줄이 떠올랐다. 살아 움직이는 은수 영상을 보자 눈물이 핑 돌았다.

음악과 엠파이어가 사라진 세계도, 정서교정시설도, 나를 향해 소리 없는 비명을 지르던 헤드폰도 전부 다 꿈이었다. 현실이 아니었다.

"다행이야, 다행이야."

"뭐가 다행이야?"

은수 포카를 품에 꼭 안고 중얼대는 나를 엄마가 어리둥절한 표정으로 바라보았다. 나는 눈물이 그렁그렁한 눈으로 엄마를 바라보며 대답했다.

"존재해서 다행이야."

학교 가는 길에 이어폰으로 엠파이어 노래를 들었다. 꿈속에서 나는 엠파이어 노래들을 친구들에게 하나하나 가르쳐 주었다. 엠파이어의 노래를 지켜야 한다는 절실한 마음으로. 노래와 음악이 금지된 세계라니. 꿈이라 해도 두 번 다시 돌아가고 싶지 않은 끔찍한 악몽 같은 세계였다. 그 섬뜩한 정서교정시설인지 뭔지는 또 어떻고.

전기뱀장어 같은 통로로 빨려 들어가던 헤드폰의 뒷모습이 생생하게 떠올랐다. 마지막으로 나를 돌아보며 소리 없이 외치던 입 모양도.

헤드폰은 어떻게 됐을까? 그 안에서 '정서 재활'이라는 걸 받았을까? 내가 가르쳐 준 엠파이어 노래는 기억하고 있을까? 살아는 있을까? 아니, 나 왜 이래? 아직도 꿈속에 있는 것처럼 정신이 오락가락했다.

나는 머리를 흔들며 교문을 향해 열심히 걸었다.

"규리야!"

교문 앞에서 서은이가 내 이름을 불렀다. 나는 이어폰을 빼고 두 손을 마구 흔들며 서은이에게 달려갔다. 둘이 같이 운동장을 걸으며 신나게 엠파이어 얘기를 했다.

학교 건물로 들어가 계단을 오르는데 작은 음악 소리가 들려왔다. 뒤를 돌아보자 시꺼먼 헤드폰을 낀 남자애가 내 바로 뒤에서 계단을 올라오고 있었다. 나는 난간을 붙잡고 멈춘 채 헤드폰을 쳐다보았다. 나 때문에 덩달아 걸음을 멈춘 그 애는 왜 이러냐는 듯 미간을 살짝 찡그렸다. 나도 모르게 안도의 한숨이 흘러 나왔다.

"다행이다."

헤드폰은 중얼거리는 나를 향해 어깨를 한 번 으쓱하고는 계단 위로 성큼성큼 올라갔다.

"뭐 해, 규리야?"

서은이가 내 손을 잡아당겨서 정신이 들었다. 나는 헤드폰의 너른 등짝을 보며 열심히 계단을 뛰어 올랐다. 딱 1초, 아니 0.5초 정도지만 아주 조금 잘생겨 보였던 것 같다.

에이, 설마 그럴 리가. 아무리 그래도 우리 은수랑 비교하면 오징어지.

정은주

쓸데없이 까칠한 너의 이름은

1

"피아노는 살아 있어. 숨 쉬고 기뻐하고 슬퍼해. 완벽한 생명이
지. 건반을 누를 때, 피아노 뚜껑을 여닫을 때, 또 페달을 밟을 때
도 피아노를 존중해야 하는 이유야. 지금까지 한 것처럼만 하면
돼. 피아노를 아끼고 사랑하는 네 마음이 피아노에 닿을 때, 피아
노는 널 도울 거야. 네가 만들고 싶은 모든 소리를 보여 줄 거야."

표 선생이 아랑의 등을 토닥였다. 지난 9년 동안 피아노 선생과
제자로 만나 함께했던 그들의 시간이 끝나 가고 있었다. 결국 고개
숙인 아랑의 뺨에 눈물이 주르륵 흘렀다. 표 선생은 떨리는 입술을
꼭 깨문 아랑을 두 팔 벌려 안았다.

이별이라는 낯선 슬픔에 아랑은 혼란스러웠다. 자신을 둘러싼
오 우주의 일에 짜증부터 났다. 이 모든 일을 꾸민 엄마에게 걷잡

을 수 없는 화가 치밀었다. 엄마를 향한 뾰족한 미움이 아랑의 마음속에서 영영 풀지 못할 실타래처럼 뒤엉키고 있었다.

'다 엄마 때문이야.'

아랑은 이런 황당한 상황을 상상해 본 적도 없다. 물론 원한 적도 없다. 당장 집을 떠나 낯선 지방으로 이사를 가야 하는 것도, 심지어 예술고등학교 입시 준비를 시작해야 하는 중요한 시기에 전학생이 된다는 것도! 이 상황을 거부하고 싶은 수만 가지의 이유 중 아랑이 가장 싫었던 건 자신이 대여섯 살 어린애처럼 엄마에게 끌려가는 느낌이었다.

똑똑.

노크 소리와 함께 아랑의 엄마, 해용이 레슨실에 들어왔다. 소파에 앉자마자 "표 선생이 아니었다면 아랑의 재능을 결코 발견하지 못했을 거"라며 호들갑을 떨었다. 해용은 아랑을 뜨겁게 달구고 있는 열돔 현상을 모른 체하고 있었다. 아랑 모녀의 싸한 분위기를 모를 리 없는 표 선생이 나섰다.

"창원예중도 연습실이 잘되어 있어요. 몇 해 전에 심사하러 갔을 때 둘러본 일이 있거든요. 귀한 '클라라'(세계적인 피아노 제작사인 스타인웨이 앤드 제퍼슨에서 3년 전 아랑을 위해 특별 제작해 선물한 그랜드 피아노다)를 할아버지 댁에 두고 가는 건 좋은 결정이고요. 아랑아, 이참에 아예 학교 연습실에서만 연습하는 걸로 해 보면 어때?"

“업라이트 피아노라도 놓을까 알아보고 있었어요. 병원 사택이라 방음 공사가 어려울 것 같아서요.”

해용이 아랑의 눈치를 살피며 얄밉게 말했다.

“전 상관없어요. 피아노 칠 수 있는 곳이 있기만 하면 되죠.”

표 선생은 억지로 분을 가라앉힌 아랑의 두 손을 꼭 잡은 채 말했다.

“집에 피아노가 없으면 오히려 연습실에서 집중이 더 잘될 거야. 그곳에서 어떤 피아노가 널 기다리고 있을까! 연습하다 막힐 때는 언제든 전화하고.”

아랑과 해용은 표 선생을 뒤로하고 엘리베이터에 탔다. 당분간 아끼는 제자 아랑을 못 만난다는 생각에 표 선생도 서운했다. 아랑 모녀를 배웅한 후 다시 레슨실로 들어간 표 선생은 책장에 차례로 꽂혀 있는 스크랩북 중 한 권을 꺼냈다. 그동안 정성스레 모아 온 아랑의 연주회 포스터, 국내외 언론 기사, 팸플릿 등이 차례로 펼쳐졌다.

2

“쇼팽의 환생”, “100년에 한 번 태어날 까 싶은 천재 피아니스트”, “한국에 피아노가 전해진 것은 오직 이 꼬마 피아니스트 때문이다” 등 여덟 살 아랑은 데뷔 후 전 세계 클래식 음악계 거장들과 국내외 음악 평론가들의 극찬을 받았다. 우연히 한국을 방문했던 피아노의 거장 M. 리스트가 아랑이 연주한 유튜브 영상을 본 직후 순식간에 벌어진 일이다.

당시 아랑의 할아버지가 재미 삼아 운영하던 유튜브 채널 ‘할배육아방송국’에서 아랑이 연주한 쇼팽의 ‘빗방울 전주곡’이 클래식 동호회 온라인 카페에 공유되며 큰 화제를 모으고 있었다. 1일 조회 수가 10만 뷰를 넘길 정도였다. 시청자 중 한 사람이었던 대한민국예술영재원의 김 교수가 마침 한국에 온 M. 리스트에게 아랑의 영상을 보여 줬다. 첫눈에 아랑의 천재성을 알아본 M. 리스트는 뉴욕 여름 음악 축제의 인기 코너인 영 아티스트 데뷔 무대에 아랑을 초청했다. 허무할 정도로 간단하게 아랑은 쇼팽의 ‘피아노 협주곡 1번’을 연주하며 뉴욕에서 데뷔했다.

하지만 해용은 아랑이 또래처럼 자라길 바랐다. 표 선생도 같은 마음이었다. 특히 표 선생은 콩쿠르 우승 등으로 주목받았다가 사라진 어린 연주자들이 얼마나 많은지 그 누구보다 잘 알고 있었기 때문에 해용의 결정을 응원했다. 아랑 할아버지도 유튜브 채널을 닫았다. 만약 아랑이 한국에서 정규 고등학교 과정까지 졸업한

후에도 피아니스트의 길을 걷고자 한다면 전액 장학금과 데뷔 음반 계약까지 약속한 뉴욕음악대학교에 입학하기로 했다. 이것이 아랑에게 주어진 축복이라면 축복이었다.

어른들의 마음을 아는지 모르는지 아랑은 여전히 피아노와 친구처럼 지냈다. 대학 병원 응급실 의사로 밤낮없이 일하는 엄마의 빈자리를 표 선생과 피아노로 채워 가며 자랐다. 바람대로 아랑은 국내 최고의 서울예술중학교에 입학했다. 이렇게 아랑은 순항을 시작했다.

하지만 해용이 열다섯 아랑의 인생에 불을 질렀다. 우리나라의 모든 위중증 응급 환자보다 자신이 더 위급하다 말했다. 해용은 자신의 마음에 큰 병이 생겼다는, 꽤 심각한 이유를 댔다. 걸핏하면 해용은 아랑에게 열다섯 살도 안 부리는 엄살과 투정까지 부렸다. 그러다 20년 전 아랑의 아빠를 처음 만나 결혼까지 했던 도시에 가고 싶다고 말했다. 며칠 여행이나 한 달살이가 아니었다. 무려 3년 동안 그곳에서 푹 자고 싶다고 했다.

"작은 응급실에서 적게 일하면서 시간을 좀 갖고 싶어. 엄마랑 같이 가 줄 거지?"

아랑은 친한 친구들의 엄마를 한 분 한 분 소환했다. 새벽 5시에 일어나 새 밥을 지어 주는 지현 엄마, 하교 후 한 걸음이라도 덜 걷게 하려고 학교 주차장 맨 앞자리에 차를 대고 기다리는 수정 엄마, 레슨 가기 편하라고 아예 실기 선생님 댁 근처로 이사 간 채우 엄마, 악기 업그레이드 비용을 위해 수학 과외 아르바이트를 시작한 지아 엄마까지. 맹모삼천지교는 아닐지라도 하나뿐인 자식, 그것도 곧 예고 입시를 준비해야 하는 자식을 먼저 생각할 수 없겠냐고 소리쳤다. 시큰둥한 해용에게 아랑은 굶주린 맹수처럼 으르렁대며 열다섯 인생 맺혔던 울분을 날마다 쏟아 냈다.

그날 아침 아랑은 밤샘 근무를 마치고 돌아온 해용을 보자마자 악을 쓰며 울었다.

"엄마는 진절머리 나게 이기적이야. 세상 최고 바보지. 늘 다른 사람 살리는 일에만 미쳐 살았잖아. 자식은 나 몰라라, 알아서 잘 큰다는 소리나 하고. 그리고 대체 왜 아빠 없는 애를 낳았어? 무슨 배짱으로 날 낳았냐고."

몇날 며칠 아랑 모녀의 침묵이 이어지던 늦가을 밤, 아랑은 정수기 위에 올려져 있던 해용의 복약 설명서를 발견했다. 총 세 장의 종이에는 보기 좋게 약과 약의 이름, 복용 방법이 자세히 적혀 있었다. 아랑은 인터넷 검색창에서 약의 이름을 하나하나 검색했다. 연관 검색어로 뜨는 여러 증상들까지 읽었다.

이렇게 아랑과 해용은 겨울 방학의 첫날이자 크리스마스이브에 집을 떠났다. 서울에서 자동차로 다섯 시간이나 걸리는 썩 반갑지 않은 도시, 창원으로 출발했다.

3

아랑은 연습실 문을 잠갔다. 한 줄기 햇빛이라도 더 막기 위해 커튼도 꼼꼼히 쳤다. 보면대 각도를 45도에서 180도로 내렸고, 건반 뚜껑, 그랜드 피아노 상판 아랫부분 뚜껑도 닫았다. 마지막으로 전등을 껐다. 아랑이 겨울 방학 동안 사용할 209호 그랜드 피아노 연습실은 안전하고, 어둡고, 따스한 한낮의 침실로 변했다.

'새해 첫날 포근한 나의 낮잠.'

실내화를 툭 벗어던진 아랑은 피아노 의자를 딛고 한 발 한 발 침대로 변한 그랜드 피아노 상판으로 올라갔다. 낮잠 잘 준비를 하는 고양이처럼 이리저리 몸을 움직여 최적의 포즈를 취했다. 평소에도 베개 없이 자는 아랑은 오히려 딱딱한 그랜드 피아노 상판이 편했다. 혹시라도 잠자다가 바닥으로 떨어지는 위험을 막기 위해 최대한 몸의 중심을 벽 방향으로 붙이는 것도 잊지 않았다. 오전 내내 켜 둔 온풍기 덕분에 온기가 가득했다. 아랑은 소르르 잠이 들었다.

아랑은 그랜드 피아노 뚜껑 위에서 자주 낮잠을 잔다. 서울에 두고 온 베프들에게도, 1년에 며칠만 친한 엄마에게도, 그 누구에게도 말한 적 없는 비밀이다. 처음 이 아이디어를 떠올린 것은 초등학교 6학년 여름 방학 때다. 당시 표 선생의 레슨실에는 두 대의 그랜드 피아노가 있었는데, 아랑이 레슨 받는 그랜드 피아노의 왼쪽에 언제나 뚜껑이 닫혀 있는 그랜드 피아노가 있었다. 아랑의 눈에 그 그랜드 피아노는 거대하고 멋있었다. 꼭 넓은 침대처럼 보였다. 모차르트의 '터키 행진곡'을 연주하던 아랑은 '피아노 침대'라는 엉뚱한 단어를 떠올렸다. 집에 돌아가자마자 아랑은 머릿속 상상을 실현했다. 그때부터 지금까지 아랑은 종종 피아노 침대를 만든다.

떼르르. 떼르르. 쿵. 쿡. 쿠우웅. 쿠우웅. 아랑의 핸드폰이 피아노 침대 위에서 연습실 바닥에 떨어졌다. 잠에서 깬 아랑은 익숙한 몸짓으로 몸을 일으켰다. 피아노 의자에 다시 한 발 한 발을 내려 바닥으로 내려왔다. 부재중 전화 세 통, 페이스 톡 세 통, 톡은 열 개도 더 와 있었다. "근무 끝남.", "지금 출발할게. 저녁은 뭐 먹지?", "외식이 좋겠지.", "밤바다 보러 갈까?", "아니다. 주남저수지 가자. 겨울 철새가 장관이래." 등, 아랑은 엄마의 톡을 읽으며 커튼을 다시 열었다. 1월의 늦은 오후, 밖은 이미 어둑했다.

아랑은 서둘러 낮잠의 흔적을 지웠다. 문의 잠금 버튼을 풀고, 전등을 켠 다음 그랜드 피아노 상판과 건반 뚜껑을 열었다. 보면대를 다시 45도로 세웠다. 누가 봐도 이 방은 그랜드 피아노 연습실이고, 아랑이 열심히 연습하던 공간이다. 피아노 침대로 변신하는 그랜드 피아노는 존재한 적도 없는 곳이다. 아랑은 악보 가방을 열어 대충 잡히는 대로 악보 한 권을 꺼냈다. 바흐의 '파르티타'다. 대충 아무 곳이나 펼쳐 두자 하는 심정으로 악보를 차르르 넘기고 있었다.

그때였다. 아랑은 귀를 쫑긋 세웠다. 막 펼친 악보 속 선율이 희미하게 들렸다. 라 파미파-레, 라 파미파-레, 누군가 오른손 주제 선율을 따로 연습하고 있었다.

'연습실 좋다더니 방음이 형편없잖아. 근데 좀 소름 돋네. 지금 이 곡 보는 아이가 한둘이겠어. 새 학기 실기 과제곡 중 하나니까. 근데 옆방인가? 뒷방인가? 분명히 오늘 연습실 신청자는 나 혼자라고 들었던 것 같은데. 미리 신청 안 해도 쓸 수 있나 보네.'

똑똑.

"안에 계신가요? 우리의 슈퍼스타 구아랑!"

환한 표정의 해용이 문을 열었다. 뭔가 이상했다. 분명 해용이 연습실에 들어와야 하는데 투명한 유리벽이 아랑과 해용 사이에 놓여 있었다. 해용은 아랑에게 다가오지 못한 채 마치 정지 화면 속 인형처럼 서 있었다.

'대체 무슨 일이지.'

아랑의 온몸에 식은땀이 흘렀다. 아랑은 다시 한번 해용을 보았다. 눈 한 번 깜박이던 그 순간 연습실의 문이 다시 열렸다. 그 자리에 처음 보는 남자애가 서 있었다. 추리닝 차림새를 보아하니 연습하러 온 학생 같았다. 직감적으로 아랑은 바흐의 '파르티타' 선율을 연주하던 아이라는 걸 알았다.

"네 엄마, 주차장에서 기다린다고 하고 뛰어가시더라."

"아."

아랑이 대답했다. 아랑은 남자애의 시선을 느끼면서 주섬주섬 가방을 챙겼다. 남자애는 아랑을 보고 웃고 있었다. 서둘러 나가려는 아랑에게 남자애가 말을 걸었다.

"불은 내가 꺼 주지. 연습실 나갈 때 꼼꼼히 살펴라."

"지금 끄려고 했어. 아무튼 고, 고마워."

아랑은 자신이 무슨 말을 하는지조차 모르고 있었다. 그러나 뭔가 잘못되고 있다, 이상하다, 평범하지 않은 것 같다 하는 생각들이 와르르 쏟아졌다.

"내일도 나올 거야? 나도 있을 예정. 참 새해 복 많이 받아. 바잇."

아랑은 209호 문을 닫고 허둥지둥 2층 계단을 뛰어 내려갔다. 주차장으로 가는 동안 내일도 올 거냐라던 남자애의 질문에 대답하지 못한 것이 신경 쓰였다.

4

차 옆에 서 있던 해용은 아랑의 악보 가방을 건네받아 뒷좌석에 올려 두었다. 훈훈하게 데워진 차에 타자마자 아랑은 두 손을 비볐다. 열 손가락을 하나하나 구부렸다 펴기도 하고 양손을 번갈아 가면서 감쌌다. 찬 바람 부는 계절에는 언제 어디서든 손이 얼지 않게 주변 온도를 조절하고, 자주 손을 만져 주면 좋다는 표 선생의 말에서 시작된 아랑과 해용의 습관이나.

"어땠어? 피아노 마음에 들었어? 첫날이니 오늘은 인사 정도 한 건가?"

"더 봐야 해. 톤도 더 길들여 보고. 방학 기간이면 충분할 것 같아. 영 아니다 싶으면 다른 피아노 연습실로 부탁드리면 되니까."

"그래. 우리 아랑이 멋지다. 새해 첫날부터 연습실에서 열공한 진정한 노력파."

"엄마가 오늘 출근한다고 그랬잖아. 혼자 집에 있기도 싫고 동네도 익힐 겸 놀러 나왔다고 해 두자. 참, 엄마 아까 왜 그렇게 빨리 나갔어?"

때마침 해용의 핸드폰에 톡 알람이 여러 개 떴다. 양털 부츠를 벗고 운전용 슬리퍼로 갈아 신으며 해용은 톡을 읽기 시작했다. 아랑의 이야기를 듣는 둥 마는 둥한 해용에게 아랑이 눈빛을 쏘아붙였다.

"어머, 미안. 다시 말해 줄래. 뭐라고? 지금 막 톡 보느라. 미진 이모가 너 보고 싶다서. 어릴 때 엄청 예뻐해 주셨는데. 사는 게 뭐라고, 이렇게 못 뵙고 지낼 줄은 몰랐네."

"됐어. 아니야. 아니다. 엄마 조금 전에 연습실…."

그때 해용의 핸드폰 벨이 울렸다. 까랑까랑한 경상도 사투리가 차 안에 울려 퍼졌다. 20년 전 해용이 1년 동안 창원제중대병원 응급실 인턴 의사로 근무할 때부터 지금까지 해용과 아랑을 응원해 주고 있는 수간호사 미진이었다.

"여보세요. 네, 선생님. 그럼요. 이삿짐 정리 거의 다 되어 가요. 집들이 때 봬요. 필요한 것 없죠. 오늘 손 과장 아니 부장님께서 애써 주셨어요. 정말 감사하죠."

아랑은 둘의 짧은 수다를 들으며 안전벨트를 맸다. 통화를 마친 해용은 내비게이션에 주남저수지를 찍었다. '알아 두면 쓸모 있는 창원맛집 백과사전' 홈페이지에서 발견한 연중무휴 식당에 갈 거라며 신나 했다. 뜨겁게 달군 돌판 위에서 각종 해물과 볶은 짜장면을 섞어 먹는 메뉴가 유명한데, 떡국 대신 짜장면을 먹는 새해가 낭만적이지 않냐며 깔깔댔다.

만족스러운 새해 첫 외식을 마친 아랑 모녀는 5분 거리의 주남저수지 입구로 향했다. 자동차 움직이는 소리가 들리지 않을 정도로 점점 더 크게 들려오는 철새들의 울음소리에 아랑은 귀를 기울였다. 저수지 주차장은 겨울 철새 군락지의 밤을 담으려는 사진작가들로 북새통을 이루고 있었다.

칠흑같이 어두운 밤하늘 위로 수백 마리의 철새들이 유영하고 있었다. 그 모습은 말로 다 표현할 수 없는 한 편의 예술 작품 같았다. 아랑은 머리 위로 펼쳐진 겨울 철새들의 모습에 넋을 잃었다. 또 새들이 날갯짓을 할 때마다 들려오는 삐걱삐걱 하는 소리도 무척 신기했다. 사람보다 새가 더 많은 절새 군락지에서 아랑의 손을 잡고 걷던 해용이 말했다.

"한겨울에도 눈 한 톨 내리지 않는 창원의 겨울이 그리웠다! 와 저기! 참, 새들도 다 서열이 있어. 맨 앞에 있는 녀석이 아빠 새, 바로 뒤는 엄마 새야. 다음은 모두 새끼 새들인데, 맨 마지막이 막내 아기 새."

"고작 1년 창원에 살았던 사람이 늘어놓을 경험담은 아닌 것 같은데?"

"숫자는 중요하지 않아. 여긴 네 아빠를 만났고 내가 의사로 처음 일한 곳이기도 하잖아. 내 영혼의 영원한 고향이지. 아암."

"네네. 근데 엄마, 여기도 눈 내렸던 것 같아. 어두워도 다 보이잖아. 저쪽 나무들 봐. 다 하얗게 소복이 잔잔한 눈이 쌓여서 빛나고 있잖아."

“아, 예전에 네 아빠가 알려 줬던 건데, 저 풍경은 눈 쌓인 모습이 아니래. 수만 마리 철새들이 날아다니면서 하나둘 빠뜨린 깃털들이 쌓이고 쌓인 거라 했어. 멀리서 보면 나무 위에 눈이 내린 풍경 같지만, 가까이에서 들여다보면 철새들이 살기 위해 몸부림 친 흔적인 거지.”

아랑은 한 계절을 살기 위해 수백만 마일을 쉬지 않고 날아오는 철새 무리처럼 어쩌면 자신과 엄마도 그렇게 창원에 온 것이 아닐까 생각했다.

5

오전 8시. 어김없이 아랑은 209호 문을 열었다. 쇼팽의 ‘피아노 협주곡 1번’ 악보를 꺼냈다. 어제 만났던 남자애 생각을 잠깐 하다 곧 연습에 몰입했다. 2악장의 선율을 오른손 대신 왼손으로 매우 느리게 눌러 보았다. 한 음 한 음 깊고 아늑한 울림이 귓가로 퍼졌다. 아랑은 다시 오른손으로 방금 눌렀던 선율을 조금 더 빠른 템포로 따라갔다. 악보에 적힌 정직한 음표와 작곡가의 지시를 나만의 세계로 만드는 일, 연주자의 영원한 숙제다. 아랑은 마음에 들 때까지, 왼손과 오른손을 번갈아 가며 쇼팽의 작품을 익히고 다듬었다.

연습을 시작한 지 채 30분도 안 되었는데 아랑은 깊은 피로감을 느꼈다. 새벽부터 일어난 터라 옅은 졸음까지 몰려왔다. 하지만 아랑은 피아노 침대의 유혹을 물리치고 다시 눈을 부릅떴다. 그리고 또다시 2악장의 선율 연습을 시작했다. 손끝에서 울리는 진동과 연습실 천장으로 올라가는 모든 소리 하나하나에 신경을 곤두세웠다.

그때였다. 어느 방인지 모를 곳에서 아랑이 연주한 선율이 메아리처럼 들려왔다.

'어제 그 남자애인가.'

아랑은 피아노 의자에서 일어나 연습실 문을 열었다. 복도로 나가 쇼팽의 선율이 흐르는 곳을 찾았다. 아랑의 연습실 맞은편 207호에서 누군가 쇼팽의 '피아노 협주곡 1번' 2악장을 연습하고 있었다. 망설임 없이 아랑은 문고리를 잡았다. 그 순간 덜컹 하고 문이 열렸다.

아랑보다 더 놀란 표정의 남자애가 아랑을 바라보며 말했다.

"깜짝이야. 심장 떨어질 뻔했잖아. 왔구나."

"미안. 너도 '쇼피협 1번' 연습 중이구나."

"너무 어려워 죽겠다. 이러다 선생님한테 맞을 듯."

"뭐? 서, 선생님이 못하면 때리셔?"

"농담. 우리 선생님은 개미 한 마리 못 죽이셔. 혹시 너, 전학생이야?"

"어, 어떻게 알았어? 아, 학교에 벌써 소문났나….."

"아니. 나 들은 소문 없거든. 못 보던 얼굴이라 물어봤지. 우리 학교 연습실은 방학 때 텅텅 비거든. 다들 서울로 레슨 받으러 가고, 아니면 해외 캠프 가고 하니까."

"겨울 방학 시작하자마자 서울에서 전학 왔어. 넌 몇 학년이야? 난 2학년. 알다시피 피아노 전공. 구아랑이라고 해."

"나도 2학년. 난 한요안이야. 서울에서 멀리도 내려왔네. 소현이도 그랬는데."

"응, 집안 사정이 좀 있었어."

"그래. 종종 보자. 참, 아침 먹었어? 슬슬 출출하네. 아! 후문밀면 아직 모르겠네?"

"나도 아침 안 먹고 왔어. 뭐든 괜찮아."

요안은 고개를 절레절레 흔들더니 건반 뚜껑을 조심스레 닫았다. 외투를 챙기며 요안은 아랑에게 눈짓했다. 살짝 당황한 아랑도 209호로 돌아가 겉옷을 들고 나왔다. 실기동 로비에서 후문밀면까지 5분 정도 걸었다. 추운 듯 옷깃을 여미던 요안이 아랑에게 "춥지 않냐."고 물었지만, 아랑은 "전혀."라고 답했다. 둘은 식당 문을 열고 자리에 앉았다. 식당은 붉은색 벽돌로 지은 벽돌집인데, 낡았지만 포근한 분위기가 났다. 배가 고프지 않아도 한번 들어가 보고 싶을 인상을 풍기는 곳이었다. 식당을 둘러보던 아랑은 메뉴판에 밀면 가격이 적혀 있지 않아 재미있다 생각했다. 요안이 아랑의 머릿속을 들여다본 듯 말했다.

"여기 사장님이 특별히 중학생한테는 파격 할인가에 밀면을 파셔. 메뉴에 가격이 없는 건 일종의 영업 철학인 거지. 비밀? 물밀?"

"아, 물냉, 비냉 같은 건가."

"겨울에는 물밀이야."

"그럼 나도."

요안은 자리에서 일어나 주방으로 걸어갔다. 할머니 사장에게 물밀 두 그릇을 주문했다. 175센티미터는 족히 넘어 보이는 키 큰 할머니 사장이 엄지와 검지로 동그라미 모양을 만들어 두어 번 흔들었다. 요안은 반짝이는 스테인리스 컵에 뜨거운 육수를 떠 왔다.

"식초랑 겨자는 적당히 넣고. 나오자마자 빨리 먹는 게 이 집 밀면을 맛있게 먹는 방법이야."

끓는 물에서 면 삶는 향이 은은하게 식당 곳곳을 채웠다. 곧 커다란 쟁반을 든 할머니 사장이 테이블에 물밀 두 그릇을 올려놓았다. 아랑은 냉면집에서 냉면이 담겨 나오는 그릇에 냉면처럼 생긴 밀면이 나왔다고 느꼈다. 오이채, 삶은 달걀 반쪽, 식초와 고춧가루로 절인 무채, 고기 편육 등이 고명으로 올려진, 한눈에 봐도 냉면

같은 밀면이 틀림없었다. 아랑은 냉면과 밀면의 다른 점을 찾으려다 그만두었다. 맛있게 먹는 요안을 따라 한입 가득 국수를 베어 물었다. 차갑고 쫄깃한 면발과 새콤달콤한 육수와 양념의 맛이 어우러져 감칠맛이 끝내줬다. 요안은 아랑의 반응을 살피며 물었다.

"참, 네가 '쇼피협 1번' 골랐던 거야? 선생님이 추천해 주셨나?"

"아니. 내가 하고 싶다고 졸랐었어. 그때 너무 어려서 안 된다고 하셨었는데 내가 악보 가게 바닥에 드러누워서 떼썼거든. 어쩔 수 없이 엄마가 '쇼피협 1번' 악보를 사 주셨지."

"전에도 배운 적이 있구나. 쳇."

"한번 배웠던 곡도 다시 꺼내 연주하려면 새롭게 공부해야 하잖아. 그게 작곡가에 대한 예의고. 나도 너처럼 긴장돼. 잘해야 할 텐데."

뜨거운 육수를 후후 불어 마시던 요안이 말했다.

"나 실은 20년째 쇼팽 공부 중이야."

"하하. 20년째 쇼팽만? 너, 정말 쇼팽의 달인이겠다. 나도 그렇게 치면 9년째 쇼팽만 바라보고 있어. 내가 가장 사랑하는 작곡가거든. 근데 정말 맛있다. 서울에선 못 먹어 봤어. 냉면처럼 생겼는데 완전 새로운 맛이야!"

"내가 지금 농담하는 거 같지. 나 정말 20년째 쇼팽 '피아노 협주곡 1번' 위주로 연습하고 있다고."

“알겠어. 믿을게. 뭐 믿어야지. 믿을 수 없지만. 믿어 준다. 그래 믿는다.”

“기억도 해. 믿지만 말고.”

진지한 표정의 요안이 말했다. 옅은 웃음을 참으며 아랑은 마지막 남은 국수 몇 가닥을 젓가락으로 모아 짚었다. 시큰둥한 표정의 요안은 팔짱을 낀 채 아랑을 바라보았다. 순간 아랑은 요안이 햇살처럼 자신의 마음에 쏟아진 것을 느꼈다.

‘나 왜 이래. 반한다는 게 이런 건가.’

둘은 후문밀면을 나와 실기동으로 발맞춰 돌아갔다. 2층 계단에서 요안이 아랑에게 잘 가라고 손짓했고, 아랑도 고개를 끄덕였다. 209호 문을 열고 들어간 아랑은 문 옆 벽에 몸을 기댔다. 몇 분을 서서 요안의 연습실에서 들려오는 소리를 기다렸다. 역시나 요안은 쇼팽 ‘피아노 협주곡 1번’의 2악장 선율 부분을 양손으로 연습하다 말다 했다. 오른손 선율에 왼손의 즉흥 연주를 더하기도 했는데, 쇼팽의 정서를 제멋대로 벗어나고 있었다. 아랑은 요안의 연습 소리에 코웃음을 쳤다.

“20년째 연습 중이라더니 그저 그렇잖아.”

6

다음 날도 아랑은 부지런히 집을 나섰다. 209호 연습실에 도착해 핫팩부터 뜯었다. 피아노 의자에 대충 걸터앉아 두 손으로 감싼 핫팩을 흔들며 따스함이 전해지길 기다렸다. 연습실에서 연습을 시작할 때까지 혹시 요안을 다시 만날지 몰라 해용이 아랑을 위해 사 주는 유기농 핸드크림 한 통도 챙겨 왔다. 이 정도면 밀면에 대한 보답으로 적당하다 싶었다.

아랑은 쇼팽 '피아노 협주곡 1번' 2악장의 선율을 흥얼거리면서 그랜드 피아노 뚜껑을 열었다. 그러다 의자에 앉아 눈을 감고 머릿속으로 오케스트라와 피아노가 주고받는 순간을 떠올렸다.

"서울에서 이사 온 지 며칠 안 되었다더니. 피곤하지도 않아?"

아랑은 갑자기 들려온 요안의 목소리에 화들짝 놀랐다. 요안은 209호 문을 살짝 열어 아랑에게 인사했다.

"깜짝 놀랐잖아!"

"뭘 그리 놀라. 유령이라도 본 것처럼."

"뭐야. 너도 일찍 나왔네. 사실 피곤한데, 집에 피아노가 없어. 그래서 연습실에서 마음에 드는 피아노를 찾아보는 중이거든. 부지런히 나와야 빨리 찾을 테니까. 넌 오늘도 쇼팽이야?"

"하하. 그래 오늘도 쇼팽 한다."

“들어와.”

아랑은 피아노 의자에서 일어나 요안에게 자리를 권하고, 자신은 작은 의자에 다시 앉았다. 하지만 요안은 머쓱한 듯 피아노 의자 옆에 서 있었다. 한참 뜸들이던 요안은 특급 비밀이라도 털어놓을 듯 조심스럽게 입을 열었다.

“난 연주하기 전에 인사할 때가 참 떨려. 그래서 피아노 의자에 앉는 일이 연주하는 것만큼 어려워. 의자에 앉는 순간부터 연주가 시작되어야 하니까. 그 의자에 앉아서 객석의 선생님들이나 친구들을 볼 때 말이야. 쥐구멍에 숨고 싶은 기분이랑은 다르지만 그렇다고 당당한 표정도 짓기 어려워.”

아랑도 요안의 말에 고개를 끄덕였다.

“나도 그래. 연주 전에 안 떠는 애가 어디 있겠어?”

“내가 하도 연주 전에 떠니까, 선생님께서 알려 주신 비법이 있어.”

“그거야 나도 있지. 우리 선생님도 효과 좋은 방법 하나를 알려 주셨지. 너부터 알려 줘.”

요안은 아랑의 질문에 답하지 않고 연습실 밖으로 나갔다. 어리둥절한 표정의 아랑은 이내 웃으며 두 손바닥을 마주쳤다. 아랑의 박수 소리가 커지자 연습실 문이 열리며 요안이 입장했다. 다소 긴장된 표정의 요안은 오른팔을 왼쪽 가슴에 올린 후, 왼손은 그랜드 피아노의 보면대 위에 올렸다. 아랑은 어색한 요안의 포즈에 큰 웃음이 터졌다. 다소 창피한 표정의 요안은 아랑에게 일어나 보라 손짓했다.

아랑도 한번 보여 주겠다는 듯, 연습실 밖으로 나갔다. 작은 의자에 앉은 요안은 박수를 시작했다. 연습실 문을 열고 들어온 아랑은 두 손을 맞잡은 채로 허리를 숙여 90도로 인사했다. 요안은 박수를 더 세게 쳤다. 자신만만한 표정의 아랑은 10초 정도 박수 소리를 들은 후 피아노 의자에 차분히 앉았다. 어깨를 똑바로 펴고 시선을 그랜드 피아노 끝으로 보냈다. 쇼팽의 '피아노 협주곡 1번' 2악장 '로망스' 오케스트라 파트를 피아노로 편곡해 연주하기 시작했다.

의자에서 일어난 요안은 아랑의 작은 의자를 들고 아랑의 곁에 앉았다. 2악장의 오른손 선율을 아랑의 오케스트라 파트 연주에 맞춰 연주했다. 둘은 쇼팽이 남긴 가장 아름다운 순간을 함께 만들었다. 10여 분의 연주를 이어 가는 동안 아랑은 평생 잊지 못할 순간이 될 것 같은 느낌이 들었다. 20년째 쇼팽만 공부하고 있다던 요안의 농담은 시시껄렁한 것이 아닌 것 같았다.

7

오전 8시. 밤 근무를 마친 해용이 퇴근했다. 아랑은 새벽 배송으로 받은 샐러드 두 통과 우유, 캡슐 커피 한 잔을 내려 간단한 아침상을 차렸다.

고단한 표정의 해용이 샐러드를 씹으며 말했다.

"우리 딸 얼굴 보니까 살 것 같다. 이따가 엄마도 같이 가."

"내가 애야? 학교에서 잠깐 인사하는 건데 뭘 또 따라와. 짐이나 자."

"전에 표 선생님께서 그러시더라. 20년 전에는 서울에서 심 선생님께 레슨 받으러 오는 아이들도 많았대. 서유대 구소현 교수 알지? 그 집은 가족 모두 창원으로 이사를 했었대. 심 선생님께 레슨 한 번이라도 더 받으려고 그랬다더라. 대단하지?"

"누구네 엄마랑 참 비교되는 일화군요. 휴우."

미안한 표정의 해용은 두 손을 모아 아랑에게 기도하는 포즈를 취했다. 아랑에 대한 미안함과 고마움의 표현이었다. 하지만 아랑은 해용을 본 체 만 체했다.

"엄마, 핸드폰 전원 좀 끄고 자. 거실에 두고 자든지."

"네!"

해용은 오른팔을 들어 아랑에게 경례하고는 그대로 거실 소파에 드러누우려다 아랑의 눈치를 살피고 침실로 들어갔다. 아랑은 오후에 정확히 몇 년이 될지 모르는 창원 생활 동안 자신의 피아노 지도를 맡아 줄 심 선생을 만나기로 했다. 옷장에서 평소 보관만 하는, 곰돌이가 수놓아진 보랏빛 니트를 꺼냈다. 한 번 입을 때마다 세탁소에 가져가야 하는 수고스러움에 경악을 금치 못하는 옷이지만, 이런 날을 위해 엄마가 사 준 옷이라는 걸 안다. 외출 채비를 마친 아랑은 그새 잠든 해용이 깨지 않도록 까치발로 집을 나섰다.

심 선생과 만나려면 다섯 시간 정도 남았다. 아랑은 그때까지 쇼팽의 '발라드 3번'을 연습할 작정이었다. 아랑은 이 작품 몇 번째 마디에 어떤 악상 기호가 적혀 있는지까지 다 외우고 있다. 하지만 좀처럼 악상을 만들기 어려웠다. 심 선생을 처음 만난다는 긴장감 때문인지 아니면 요안을 다시 만나고 싶은 바람 때문인지 헷갈렸다. 정신을 가다듬고 연습에 몰입하려 할수록 자꾸 실수를 했다. 건반과 건반 경계를 겹쳐 누른다거나 전혀 다른 악상을 꾸몄다. 쇼팽의 쉼표를 헨델의 마침표처럼 사용했고, 쇼팽의 선율을 베토벤의 화성으로 채웠다.

그때 연습실 문이 열렸다. 추워 죽겠다는 표정의 요안이 서 있었다. 아랑은 반가운 자신의 마음에 스스로 더 당황해, 요안에게 인사하는 것도 까먹었다. 어제 쇼팽을 함께 연주했던 순간이 다시

금 떠올랐다.

아랑에게 손을 흔들고 난 요안이 문을 닫으려는 순간 아랑의 입에서 희한한 말이 튀어나왔다.

"쇼팽을 그렇게 오래 잡고 있는 이유가 뭐야?"

"내 말 믿는구나."

요안은 아랑에게 따라오라는 손짓을 했다. 둘은 아무 말 없이 연습실 복도로 나와 실기동 계단을 오르고 올라 5층까지 갔다. 고동색에 가깝고 반짝반짝 윤이 나는 나무 바닥, 음표 모양을 한 수백 개의 크리스털 조각들이 걸린 대형 샹들리에, 유럽풍 문고리가 멋스러운 5층 연습실에 도착했다. 복도를 걸어가던 요안이 멈춘 곳은 맨 마지막 연습실이었다.

8

"들어와."

아랑은 연습실의 분위기에 압도당했다. 그랜드 피아노 중에서 가장 큰 사이즈인 콘서트 그랜드 피아노 두 대가 나란히 놓여 있는 연습실은 본 적이 없었다. 더군다나 아랑이 가장 사랑하는 피아니스트 쇼팽의 두 손을 조각한 석상이 연습실 한가운데 전시되어 있었다. 손톱이나 손가락 사이사이의 주름에 누군가 연필로 낙서를 한 흔적도 보였다.

"멋지다!"

아랑은 쇼팽의 두 손을 바라보며 탄성을 질렀다.

"내 친구 중에 이 방에만 오면 쇼팽 손가락으로 콧구멍 후비는 애가 있어. 거기, 오른손은 절대 만지지 마."

"아, 뭐야. 걔 남자애지."

"어, 어떻게 알았어?"

실없이 웃던 요안은 오른쪽 그랜드 피아노 뚜껑을 힘차게 들어 올려, 피아노 상판을 중간 각도로 고정했다. 피아노 의자에 앉아 높낮이도 조절했다. 연주할 준비를 마친 요안은 두 눈을 감았다.

'겉멋 제대로 들었어. 남자애들이란.'

몇 분의 시간이 지난 후 요안은 숨을 크게 내쉬고는 그제야 건반에 두 손을 올렸다. 그리고 쇼팽의 '발라드 3번'을 연주하기 시작했다. 과연 20년 동안 쇼팽만 공부했다는 쇼팽의 달인다운 연주였다. 강렬했고 유연한 아름다운 쇼팽이 요안과 함께 흘렀다. 요안의 연주를 넋을 잃고 따라가던 아랑의 눈앞에 영화나 드라마 예고편처럼 짧고 강렬한, 믿을 수 없는 장면이 펼쳐졌다. 청소년 시력 교정용 하드 렌즈를 꼈을 때처럼 각막에 고정되어 피할 수 없는 장면이었다.

횡단보도를 건너던 요안이 우회전하던 대형 트럭에 치여 바닥
에 쓰러지고, 구급차에 실려 응급실로 갔지만 결국 죽는다.

'이건 꿈이야. 가짜야.'

아랑은 정신을 차리려고 애썼다. 동시에 요안의 연주는 점점 클
라이맥스를 향해 오르고 또 올랐다. 돌처럼 굳은 아랑의 몸은 아
무리 힘을 써도 움직이지 않았다.

그때 요안이 아랑 앞에서 이야기를 시작했다.

"엄마는 울고 있었어. 아빠는 엄마 곁에서 아무 말 못 하고 계
셨지. 기억나. 아빠의 그런 표정은 처음 본 것 같아. 난 그때까지도
내가 죽은 줄 몰랐어. 지금도 이런 이야기를 네 앞에서 한다는 게
참 어색해. 내가 유령이라니. 내가 다니던 학교 연습실에 눌러 살
고 있는 엉뚱한 유령이라니!"

아랑은 소파에서 벌떡 일어나 터벅터벅 요안에게 다가갔다. 살
아 있는, 살아서 쇼팽을 연주한 요안을 확인해야 했다. 그때 피아
노 의자에 앉아 있던 요안이 아랑의 눈앞에서 감쪽같이 사라졌다.
아랑도 눈 깜짝할 사이에 다시 낡고 긴 가죽 소파에 앉아 있었다.
동화 속 마법에 걸린 듯 아랑은 다시 몸을 움직일 수도 말을 할 수
도 없다는 걸 깨달았다. 요안인지 유령인지 모를 정체의 말을 듣고
있는 수밖에 없었다.

그날 난 학교 연습실에서 집으로 돌아가는 중이었어. 피아노 선생님이 그날 그 시간에 레슨을 잡아 주셨거든. 내가 술 취한 사람이 모는 트럭에 치여 죽게 될 줄 알았다면 절대 그날 그 시간에 레슨을 잡지 않으셨겠지만. 내 장례식 때 정말 많이 우셨어. 하필 다 저녁때 공장 퇴근 시간이랑 맞물린 시간에, 작은 횡단보도에서 이런 사고가 한 번은 날 줄 알았다고 호언장담하던 사람들이 선생님 들으라고 목소리 높이는 소리를 들으셨거든.

내가 정말 슬펐던 건 선생님도 마음속으로 그 말도 안 되는 소리를 천 번도, 만 번도 넘게 삼키셨단 거야. 학생들을 자식처럼 대해 주시는 고운 분이셨으니까. 엄마는 내 방 정리를 하시다가 심지어 나를 낳지 말걸 하는 생각까지 하시더라고. 나 때문에 모두 고통스러워하셨지. 나 유령이잖아. 우린 사람들 마음속 이야기까지 다 볼 수 있거든. 멋진 능력이긴 하지만 꼭 있어야 하는 재주는 아니야.

"그만해. 나 나갈래. 연습도 해야 하고, 이따가 선생님도 뵙기로 했거든. 나가자."

애써 마음을 가라앉힌 아랑이 요안에게 말했다. 하지만 아랑은 소파에서 일어설 수 없었다. 일어서려 안간힘을 쓰면 쓸수록 지금 이 상황이 더 선명해질 뿐이었다. 자신을 믿고 기억해 달라던 요안의 말이 메아리처럼 반복되고 있었다. 요안은 유령이고, 아랑은 유령인 요안을 만났다는 것, 그리고 유령은 이 세상에 존재하지 않는 존재라는 점은 아랑을, 태어나 단 한 번도 느껴 본 적 없는 감정에 빠뜨리고 있었다. 아랑의 두 눈에서 애써 참아 온 눈물이 흘렀다.

살아 있던 내 인생의 마지막 날 연습했던 곡이 '쇼피협 1번' 2악장이었어. 그날따라 늘 조금씩 마음에 안 들던 첫 세 마디가 너무 잘 흘러가더라. 내가 오른발 페달을 조금씩 다르게 넣었거든. 공중에 소리가 살짝 오를 정도로만. 그날 처음으로 내가 원하는 소리를 냈어. 눈부신 햇살, 노을을 기다리며 보던 진해 우도의 붉은 윤슬, 아름다운 풍경을 담고 싶었거든. 그때 소현이가 오케스트라 파트를 맡았고, 내가 피아노 파트를 연주했었지. 완벽했던 그날의 2악장은 나랑 소현이가 함께 만든 거였어. 살아 있는 사람으로 간직한 내 가장 행복한 기억이야.

순간 아랑은 자신에게 걸린 마법이 풀린 것을 알아챘다. 동시에 요안이 말한 소현이 서유대 구소현 교수라는 사실을 본능적으로 알아차렸다. 어이없는 이 상황에서도 아랑은 구소현 교수에 대한 삐딱한 감정이 튀어나왔다. 질투가 분명했다. 며칠 전 요안과 함께 연주한 '쇼피협 1번' 2악장에 설렜던 마음을 어디론가 던져 버리고 싶었다.

"대체 나한테 왜 이래. 네 인생 한풀이를 왜 나한테 하는 건데. 유령도 너도 다 안 믿어. 지금부터 장난 아니야. 비켜."

씩씩대는 아랑을 막아선 요안이 문을 등진 채 말했다.

"잠깐만. 너, 내 말 진짜 믿었잖아."

"아니거든. 그냥 맞장구쳐 준 거지. 너, 유령 능력인가 뭔가 효력 떨어졌나 보다. 비켜. 이 학교 진짜 좋은 학교였네. 유령도 살고. 너 말고 다른 유령은 없니? 난 사람 사는 세상에 사는 사람이야. 비켜."

"난 그냥, 유령일 뿐이야."

"돌아가. 네가 갈 곳으로. 유령의 성이든 유령의 집이든. 내 인생도 정말 불쌍하거든. 난 아빠도 없이 태어났고 엄마는 날 짐으로 여기다 단단히 병이 났지. 너까지 들러붙어 날 피곤하게 하지 말았으면 해."

"네 마음에서 내 마음으로 이어진 이야기를 연주해 줘. 그때 나도 떠날게."

"웃기고 있다. 비켜."

성난 아랑이 유령 요안을 밀치려다 그만 쇼팽의 손 조각상을 떨어뜨렸다. 단단한 돌로 조각된 작품이라 부서지진 않았지만, 아랑의 힘으로 다시 제자리에 올려놓을 수 없을 정도로 무거웠다.

그 상황에서도 손 조각상을 치우려던 아랑은 두어 번 끙끙대다 연습실 문을 쾅 닫고 나와 버렸다. 연습실을 나서자마자 아랑은 눈앞에서 연기처럼 사라진 요안의 얼굴을 봤다. 아랑은 지금까지 연습실에서 있었던 일들을 믿을 수 없었다.

9

아랑은 불안했다. 태어나 처음 본 유령 때문에 삶이 우르르 무너지고 있었다. 밀면을 함께 먹은 요안, 피아노를 연주하던 요안, 아랑의 마음을 설레게 했던 요안, 한요안이 살아 있는 유령이라니!

아랑은 다시 연습실로 내려와 문을 잠갔다. 불을 끄고 피아노 침대를 만들었다. 아랑은 눈을 감았다. 아무 생각을 할 수 없었다. 핸드폰에서 유령, 귀신, 접신, 퇴마 등을 검색했다. 믿거나 말거나 한 국내외 이야기들이 검색되었는데, 다들 하나같이 아랑처럼 실제로 유령 혹은 귀신을 만나 봤다는 사람들의 후기였다. 전엔 말도 안 되는 이야기라 여기던 아랑은 "그래 나도 유령 만나 봤다. 같이 밥도 먹었다."며 혼잣말을 뱉었다.

그리고 아랑은 심 선생에게 전화를 걸어 정말 죄송하지만 개학 이후에 찾아뵙겠다고 말했다. 인자한 심 선생은 언제든 연락해도 좋다며 허허 웃었다. 그날 처음으로 피아노 침대에서 잘 수 없었던 아랑은 집으로 향했다.

뜬눈으로 밤을 새운 아랑은 다음 날 새벽같이 집을 나섰다. 실기동 로비 경비원실에는 이미 불이 켜져 있었다. 아직은 푸르스름한 1월의 아침, 아랑은 1분 1초라도 빨리 연습실에 들어가고 싶었다. 분명히 다시 한번 두 눈으로 유령, 아니 요안을 봐야만 했다. 대체 왜 자신한테 나타났으며, 원하는 것이 무엇인지 캐물을 작정이었다. 아랑을 본 경비원은 바로 로비 문을 열었다. 아랑은 경비원에게 목 인사를 한 후 걸음을 옮겼다.

계단을 오르는 아랑의 발걸음이 점점 빨라졌다. 이 말도 안 되는 일을 끝내야 했다. 사실 가장 기분 나쁜 건 다른 여자애를 좋아하는 유령에게 설렌 일이었다. 너무나 짜증나 견딜 수가 없었다.

'유령. 유령 따위에게, 와 진짜'

날아오르듯 2층에 오른 아랑은 잽싸게 요안이 머물던 연습실 207호로 달려갔다.

'문고리를 잡으면 유령 세계와 현실 세계가 연결되나 보지?'

아랑은 코웃음을 치며 문을 열었다. 그런데 문이 열리지 않았다. 여기서 포기할 아랑이 아니었다.

다시 걸음을 돌려 209호 문을 열었다. 피아노 의자에 앉아 건반 뚜껑을 열었다. 리스트의 '마제파'를 연주했다. 무섭고 기괴하고 소름 돋는 분노가 리스트의 화음을 무기 삼아 피아노에서 발사됐다. 하지만 요안은 나타나지 않았다. 이 곡이 아닌가 싶어 아랑은 쇼팽 '발라드 3번', '피아노 협주곡 1번'의 피아노 부분 등을 차례로 연주했다.

결국 악에 바친 아랑은 스무 개의 손가락을 총동원해 건반을 내리쳤다. 피아노를 마구마구 때렸다. 태어나 처음으로 피아노를 함부로 다뤘다. 그러다 아랑은 건반에 엎어져 서럽게 울었다. 엄마의 병보다 유령을 본 자신의 증상이 더 심각한 것 같아 눈물을 도했다.

그때 똑. 똑. 노크 소리가 들렸다. 아랑은 설마 하는 마음으로 문을 열었다. 작은 노트를 손에 든 경비원이 문밖에 서 있었다.

"연습 방해해서 미안해요. 그런데 아랑 학생이 1일부터 한 달 신청한 방은 204호예요. 이 방은 보일러 작동이 안 돼서 수리하기로 했거든요."

"아, 네 알겠습니다. 바로 방 옮길게요."

"열심히 해요. 그럼."

"아저씨, 잠시만요. 207호에서 피아노 소리가 나던데요."

"잘못 들었을 거예요. 그 방은 타악기 방이에요. 피아노 들여놓을 자리가 없죠. 어제오늘 학생 말고 피아노 연습실 사용한 학생은 없을 텐데. 쓰읍."

"아, 알겠습니다. 곧 자리 옮기겠습니다."

경비원이 내려가자 아랑은 곧 연습실 문을 잠갔다.

그리고 조용히 말했다.

"한요안, 나와라. 도망치지 마."

다음 날도 아랑은 경비원 몰래 209호에 들어갔다. 만약 관리실 기사가 도착하면 착각했다는 말을 남긴 채 204호로 가면 그뿐이라 여겼다. 아랑은 오늘도 요안을 불러내는 데 열을 올리고 있었다. 그 무엇보다 아랑을 가장 괴롭힌 것이 요안을 향한 자신의 마음이라는 점이 아팠다.

10

어느새 석 달이 흘러 새 학기가 시작되었다. 아랑은 심 선생과 레슨을 시작했고, '쇼피협 1번'으로 교내 협주곡의 밤 오디션을 준비했다.

"쇼팽은 굉장히 인기 있는 피아니스트였어. 아마 쇼팽이 마음만 먹었다면 연주회를 많이 열어서 큰돈을 벌수도 있었을 거야. 하지만 쇼팽은 그러지 않았지. 평생 30회 정도의 연주회만 열었고, 그 절반 가까운 무대에서 이 작품을 혼자 연주했어."

"와, 쇼팽이 '쇼피협 1번'을 정말 좋아했나 봐요, 선생님. 근데 왜 오케스트라랑 협연을 하지 않고 혼자 연주했을까요? 오케스트라랑 하는 게 훨씬 멋진데."

"예전에 내가 아끼던 제자도 너랑 같은 말을 했었던 기억이 나네. 학교 후문 쪽에 있던 '후문밀면'…."

아랑은 잽싸게 심 선생의 말에 끼어들었다. 말을 하면서도 아차 싶었지만, 밀면에 대한 감동을 숨길 수가 없었다.

"'후문밀면' 저 가 봤어요. 진짜 맛있더라고요. 얼마 전에 다시 갔더니, '붉은집편의점'으로 바뀌었더라고요."

아랑은 요안과 밀면을 먹던 순간이 떠올라 울컥했다. 심 선생은 안경을 올려 쓰며 아랑을 바라보았다.

그러고는 미심쩍은 듯 입꼬리를 한 번 올렸다 내린 심 선생은 말을 이었다.

"그때도, 지금도 선생님 생각은 비슷해. 쇼팽은 오케스트라를 염두에 두고 이 작품을 쓰지 않았어. 쇼팽 머릿속에는 피아노밖에 없었으니까. 신기할 정도로 쇼팽은 피아노가 아닌 다른 악기를 위해서 작품을 쓰지 않았어. 쇼팽에게는 오직 피아노만이 음악이었던 거지."

또 심 선생은 쇼팽이 활동을 시작하던 시기, 유럽에서는 오케스트리와 피아노가 협여하는 작품들이 유행했다고 설명했다. 다른 작곡가들처럼 일생에 걸쳐 다양한 악기를 사용한 작품을 쓰지 않았던 쇼팽이 오케스트라와 함께 연주하는 협주곡 양식을 남긴 것은 한번 생각해 볼 문제라고도 했다. 아마 음악적 소신이 강했던 쇼팽도 대중의 취향과 여러 활동을 무시할 수 없었을 거라는 자신의 의견도 들려줬다.

"쇼팽은 종종 가족이 있는 조국을 무척 그리워했지. 하지만 파리를 떠나지 않았어. 사랑했던 여인, 조르주 상드를 볼 수 있었으니까. 사랑을 할 때는 밤하늘의 별빛만큼 셀 수 없이…, 나의 희생이 필요한 순간이 찾아오거든. 쇼팽은 사랑을 위해 삶의 큰 부분을 양보했던 사람 같아."

심 선생은 흡족한 표정으로 아랑을 보았다. 다음 레슨 날짜를 정한 후, 아랑은 곧장 학교로 향했다. 쇼팽은 어떤 사람이었을까. 그의 음악을 어떻게 받아들여야 하는 걸까. 열다섯 살인 주제에 20년째 쇼팽을 공부 중이라던 요안은 지금 어디에 있을까. 만약 그때 요안이 모든 것을 고백했을 때, 내가 화를 내지 않았다면 어땠을까. 요안을 믿고 기억한 나를, 요안도 기억해 줄까…. 아랑의 머릿속은 요안에 대한 질문들로 채워지고 있었다.

'엄마 소원 들어주려 창원까지 왔는데 이제 유령 소원까지 들어줘서 제자리로 보내 줘야 한다…. 그래 까짓것 믿어 보자. 그게 요안이든 쇼팽이든 유령이든 일단 무엇이든 한번 믿고 노력해 보

자.'

　아랑은 헛웃음이 터져 피아노 침대에 누워 한참을 웃었다. 잠을 더 자 볼까 하던 아랑은 다시 피아노 의자에 앉았다. 연습실 복도에서 혹시라도 겉멋 잔뜩 부린 쇼팽의 선율이 들려온다고 해도 절대 흔들리지 않기로 다짐하며. 두 눈을 감고, 두 손을 건반 위에 올렸다.

조영주

완벽한 유리

9월의 어느 날 12시 40분.

환상중학교 1학년 2반 맨 뒷자리, 키가 크고 머리가 긴 여학생한 명이 책상에 늘어져 침까지 질질 흘리며 자고 있다.

여학생의 이름은 윤경주.

그런 경주에게 한 남학생이 다가갔다. 전교 학생회장 3학년 채유성. 어린 시절부터 수영을 해서 몸이 잘 다져진 데다 얼굴도 호감형이라 1학년에도 팬이 많았다.

"윤경주 맞지?"

전교 학생회장이 직접 1학년 교실을 찾아와 경주를 찾다니, 아이들은 호기심 어린 표정으로 유성과 경주를 바라보았다.

"벌써 점심시간 끝났어?"

경주는 기지개를 켜며 일어나다가 유성을 보고 움찔했다. 저도모르게 조심스럽게 양손을 내리고는 물었다.

“무슨 일로 그러시죠?”

“나가서 이야기하자.”

유성은 주변을 흘깃 보며 말했다. 경주는 자신과 유성 주변에 호기심이 가득한 표정을 짓고 있는 아이들을 보고는 고개를 끄덕였다. 복도에도 아이들이 많았다. 둘은 옥상으로 향했다. 옥상에도 점심 먹는 아이들이나 바람 쐬러 나온 아이들이 있었지만, 교실이나 복도만큼 유성과 경주에게 지나친 관심을 보이는 아이들은 없었다.

유성은 다른 아이들과 적당한 거리를 두고 경주와 마주 보고 섰다.

경주는 가슴이 두근거렸다. 이건 뭘 어떻게 봐도 고백 타이밍이다. 지금껏 경주는 단 한 번도 남자 친구를 사귀어 본 적이 없다. 유성 정도라면 첫사랑 상대로 부족함이 없었다.

“저기, 윤경주. 궁금한 게 하나 있는데.”

“네, 뭐든 물어보세요!”

“너, 탐정이라며?”

유성의 말을 들은 경주의 얼굴이 구겨졌다.

“아닌데요.”

경주는 바로 태도를 바꿔 퉁명스럽게 말했다. 그러자 유성이 의아한 표정으로 말했다.

"너, 잠자는 탐정이라고 들었는데. 《명탐정 코난》에 나오는 마취 총 맞은 유명한 수준이라고."

잠탐정. 그건 경주의 별명이다.

경주는 어렸을 때부터 잠이 많았다. 특히 중학교에 입학한 후로는 쉬는 시간마다 책상을 베개 삼아 엎드려 자는 게 버릇이 되어, 심할 때면 점심시간에 식사도 거르고 잘 정도였다.

수업 시간에도 심심하면 졸다 보니 성적이 영 아닐 것 같지만, 경주는 공부를 잘했다. 예체능 어느 하나 빠지는 것이 없었기에 선생님들은 경주가 자더라도 신경 쓰지 않았다. 하지만 뭣보다 잘하는 것은 수수께끼 풀이였다.

아이들은 무언가 이해할 수 없는 일이 생기면 늘 경주를 찾았다. 그때마다 경주는 하품을 길게 하고는 갑자기 잠들었다가 얼마 후 깨어났다. 수수께끼의 정답과 함께.

어떻게 그런 일이 가능하냐고 묻는 아이들에게 경주는 하품을 하며 말했다.

"한숨 자고 나면 알겠더라고."

이런 경주에게 아이들은 잠자는 탐정, 줄여서 잠탐정이라는 별명을 붙였다.

"역시 탐정 같은 게 있을 리가 없지."

유성이 한숨을 쉬며 한 팔을 들어 머리를 쓸어 올렸다. 그 덕에

교복 소매가 살짝 올라가며 잘 다져진 근육이 울퉁불퉁해졌다.

그 팔에 경주의 마음이 약해졌다.

"저기, 무슨 일인지 들어 줄 수는 있는데요."

경주는 초등학교 들어갈 때부터 지금까지 드웨인 존슨이 이상형이다.

경주의 말에 유성의 얼굴이 밝아진다.

"고마워. 그럼 좀 들어 볼래? 내겐 완벽한 여자 친구가 있어. 이름은 신유리. 너와 같은 열네 살. 예쁘고, 착하고, 공부 잘하고, 예체능 만능인 완벽한 아이야."

자연스레 경주 얼굴이 일그러졌다. 하지만 연이은 유성의 이야기에 경주는 호기심을 느꼈다.

유성은 이렇게 말했다.

"그런데 그 완벽한 유리가 암 선고를 받았어."

유리는 태어날 때부터 지금까지 언제나 예쁘단 말을 듣고 살았다. 사람들은 유리가 지나가면 감탄하며 바라보았고, 유리는 그런 시선을 당연하다고 생각했다. 또 유리의 집은 돈이 많았다. 유리가 갖고 싶은 건 뭐든지 부모님이 사 줬다.

이런 상황에서 자랐다면 건방져지겠지만, 유리는 겸손했다. 유리는 가진 것이 많은 만큼 베풀어야 한다고 생각했기에 언제나 한 발짝 뒤로 물러서서 주변을 살폈다. 유리의 신중한 성격은 아이들에게 더욱 호감을 얻는 요소가 되어 언제나 학급 임원을 도맡았다.

주변에서 예쁘다는 말을 듣고, 자신을 우러러보는 일을 많이 겪다 보니 유리는 자연스레 그만큼 보답하고 싶어졌다. 남들보다 일찍 학교에 와서 공부를 하고, 예체능에도 열심이었기에 우등생이 될 수밖에 없었다.

이런 유리의 첫사랑은 열네 살 여름, 수영장에서 찾아왔다. 유리는 다른 건 다 잘하지만 수영은 뛰어나다 할 정도는 아니었다. 평소 노력하는 게 몸에 배어 있다 보니, 유리는 여름 방학을 맞이해 수영 실력을 키우기로 마음먹었다.

날마다 오전 6시 30분이면 유리는 수영장을 찾았다. 이 시각 수영장에는 대부분 어른밖에 없었지만, 딱 한 명 또래 같아 보이는 남자아이가 있었다. 키가 크고 적당히 근육질인 몸을 보자면, 그가 평소 얼마나 꾸준히 운동을 해 왔나 알 수 있었다. 유리는 막연히 남자아이가 자신의 첫사랑이 되길 바랐고, 그 일이 얼마 지나지 않아 일어나리라는 것을 믿어 의심치 않았다.

유리의 인생은 그랬다. 간절히 원하면 무엇이든 이루어졌다. 그것이 지금까지 살아온 유리의 삶이었다.

이번에도 예외는 없었다. 다음 날, 남자아이는 유리의 생각대로 말을 걸어왔다. 남자아이는 유리보다 두 살이 많은 열여섯 살로, 이름은 채유성이었다. 유성은 유리에게 수영을 가르쳐 주겠다고 말했고, 유리는 순순히 그 말에 따랐다.

일주일이 지났을 때, 둘은 사귀기 시작했다. 계기는 키스였다. 유성이 유리에게 수영을 가르쳐 주다가 실수로 유리의 손을 놓쳤다. 유성은 다급히 유리를 잡다가 얼결에 입술이 부딪치고 말았다. 유리는 입술이 부딪친 직후 유성에게 말했다.

"오빠, 나 이거 첫 키스."

"나, 나도."

둘은 잠시 물안경 너머로 서로를 바라보다가 빙그레 웃었다.

이후, 둘은 모두가 인정하는 보기 좋은 커플이 됐다. 유성은 수영뿐만 아니라 공부도 잘했다. 또 집도 잘살았기에, 유리의 집에서도 환영받았다.

하루는 유성이 유리의 집에 놀러 왔다. 유성은 평소처럼 유리의 공부를 봐줬다. 그런데 유리가 문제집을 풀다 말고 콧노래를 흥얼거렸다.

유성은 가만히 귀 기울여 듣다가 물었다.

"노래 제목이 뭐야?"

"무슨 노래?"

"이 노래."

유성은 유리가 부르는 콧노래를 흉내 냈다. 유리는 유성의 노랫소리에 귀를 기울였으나 전혀 기억나는 게 없었다.

"난 모르는 노랜데."

"너, 요즘 갑자기 흥얼거리더라. 제목이 궁금했는데, 오늘 또 흥얼거리기에 물은 거야."

유리는 유성의 말에 다시 한번 의아해졌다. 유리는 콧노래를 부른 기억이 없었다.

"무의식중에 그런 좋은 노래를 부른다고? 역시 우리 유리는 완벽하구나!"

그런데 며칠 후, 이번엔 엄마와 아빠가 유리에게 같은 질문을 했다.

"그 노래가 마음에 드나 보지?"

"요즘 계속 그 노래만 흥얼거리네."

학교에서도 마찬가지였다. 유리가 멜로디를 흥얼거릴 때마다 모두들 물었다.

"유리야, 그 노래 제목이 뭐야? 가사는 몰라?"

"듣기 좋다. 가수가 누구야?"

유리는 의아했다. 주변 사람들은 모두 유리의 노래를 듣는다. 하지만 유리 자신은 듣지 못한다. 어떻게 이런 일이 일어날 수 있을까?

지금껏 유리는 완벽하다고 할 정도로 행복한 인생을 살아왔다. 그런 유리에게 뭔가 기이한 일이나 앞뒤가 맞지 않다고 생각하는 일이 일어난 것은 이번이 처음이었다.

유리가 이상한 콧노래를 부르는 일은 일주일 더 지속되다가 끝났다. 이제 더는 아무도 유리가 부르는 콧노래의 제목이 무엇인지 궁금해하는 일은 없었다. 유리 역시 마찬가지였다. 애초에 유리는 스스로 콧노래를 흥얼거린지도 몰랐기에 신경 쓰지 않았다.

완벽한 유리. 아름답고, 무엇이든 잘하고, 칭찬받는 유리. 이런 유리에게 갑작스런 위기가 찾아온 것은 콧노래 사건 후 얼마 지나지 않은 때의 일이었다.

그날도 유리는 평소와 같이 아침 일찍 일어나 화장실로 향했다. 일어나자마자 샤워를 하는 건 하루를 행복하게 시작하기 위한 유리 나름의 의식이었다. 그런데 머리를 감던 유리가 귀 뒤쪽에서 아주 작은 크기의 멍울을 발견했다.

유리는 피곤하거나 생리 전에 잠시 나타나는 가벼운 여드름이라고 생각했다. 물론 유리는 한 번도 여드름이 난 적은 없었다. 여드름은 친구들에게 이야기를 들어 안 것이었다. 유리는 일단 그냥 두기로 했다. 지금껏 단 한 번도 아픈 적이 없는 유리였기에, 내버려두면 금세 나으리라 생각한 것이었다.

그런데 사흘 후 머리를 감다가 유리는 다시 한번 멍울의 존재를 느꼈다. 멍울은 훨씬 커져 손가락 한 마디만 하게 자라 있었다.

'열이 난 적도, 두통이 난 적도, 배가 아픈 적도 없었는데 이 정도로 큰 여드름이 나다니! 엄마 아빠한테 말씀드려야겠어!'

그래도 유리는 여전히 여유가 있었다. 나쁜 일은 늘 유리를 피해 갔으니까.

유리는 느긋하게 샤워를 마친 후 머리를 잘 말리고 아침을 먹기 위해 주방으로 향했다. 이미 식탁에는 빵과 커피 등이 가볍게 차려져 있었다.

"좋은 아침, 우리 딸."

부모님은 유리를 보고 반갑게 아침 인사를 했다. 유리는 부모님이 평소처럼 각자 취향에 맞게 커피를 마시며 핸드폰을 들여다보는 모습을 보며 말했다.

"귀 뒤쪽에 혹이 생겼어."

'엄마, 딸기 잼 좀 줘.'와 비슷한 말투였다. 유리는 목을 돌려 귀 뒤쪽에 난 혹을 부모님에게 보였다.

부모님은 무척 놀란 표정을 지었다. 유리는 그 표정 역시 처음 보는 것이라 재미있었다. 하지만 부모님은 바로 표정을 바꾸더니, 유리만큼 아무렇지 않은 말투로 "병원에 가야겠네." 하고 말했다.

같은 날 오후, 유리는 학교를 파하자마자 엄마와 함께 동네 내과로 향했다. 의사는 멍울을 보더니 초음파 검사를 제안했다. 유리의 엄마는 그 말에 다시 놀란 표정을 지었고, 유리는 엄마에게 웃으며 말했다.

"엄마, 나한테 불행한 일이 생길 리 없잖아."

엄마는 유리의 말에 약간 긴장을 풀 수 있었다.

초음파 검사 결과, 유리의 예상대로 귀 뒤의 멍울은 별게 아니었다. 모낭염 탓에 임파선이 부은 것이었다.

엄마는 안심했다.

"우리 유리에게 안 좋은 일이 생길 리 없지."

그런데 의사가 이상한 말을 덧붙였다.

"문제는 갑상선인데요. 결절이 관찰되었습니다. 조직 검사를 해 보는 게 좋겠어요."

"조직 검사요? 우리 유리가 암일 수도 있다는 거예요?"

"암이요?"

유리가 놀라 엄마의 말을 따라 했다.

"아직 확실한 것은 알 수 없으니 조직 검사를 해 보시는 게 좋겠다는 말씀입니다. 진료 의뢰서를 써 드릴 테니 종합 병원을 가 보시겠어요?"

엄마는 의사의 말에 "우리 유리에게 그런 일이 생길 리 없다."고 단호하게 말하면서도 일단 진료 의뢰서를 받았다.

유리는 큰 충격에 휩싸였다. 자신은 너무나 행복한 사람이라고, 남들이 결코 꿈꾸지 못할 삶을 살고 있다고 생각했다. 그런 자신이 암일지도 모른다니.

그래도 유리는 긍정적으로 생각했다. 이것 역시 해프닝일 거라고, 내 인생에 불행이 찾아올 리 없다고, 분명 암이 아닐 거라고 생각하기로 마음먹었다.

하지만 2주 후, 유리는 갑상선암 진단을 받았다. 심각한 수준은 아니었다. 1센티미터 이하의 작은 갑상선암이었기에 초음파로 꾸준히 추적 관찰하면 되는 수준이었다.

부모님은 안심했다.

"축하해, 유리야!"

"우리 유리가 운이 좋아서 이 정도로 끝났구나!"

유성 역시 같은 말을 했다.

"역시 유리는 운이 좋구나!"

유성은 유리와 연락이 되지 않을 동안 한참 인터넷을 검색했다며, 그 정도면 암도 아니라며 신이 나서 말했다. 친구들 반응 역시 마찬가지였다. 모두들 유리는 운이 좋다며 축하해 줬다. 그건 암도 아니라고, 유리는 분명 아무 문제 없이 나을 거라고 말했다. 하지만 유리는 이 상황을 받아들이기 힘들었다. 지금껏 유리의 인생이 너무 완벽한 탓이었다.

이날 이후, 유리의 주변에서 이상한 일들이 잇따랐다. 멀쩡하던 화장실 전등이 유리가 샤워를 하던 도중 갑자기 꺼지는 바람에 비명을 지르기도 했고, 하루 종일 핸드폰의 행방을 알 수 없는 일도 일어났다. 가장 충격적인 일은 유리가 오토바이에 치일 뻔한 일이었다. 영화의 한 장면처럼, 길을 가던 유리가 횡단보도를 건너려고 하는 순간, 어디서 오토바이가 튀어나왔다. 다행히 치이지는 않았지만 유리는 무언가 잘못됐다는 불안에 휩싸였다.

"화장실 전등이 갑자기 나가면 문을 열면 그만이고, 핸드폰을 못 찾으면 핸드폰 찾기 기능을 이용하면 되고, 오토바이는 치이지 않았으면 된 거 아닌가요?"

"나도 그렇게 생각했고, 유리한테도 그렇게 말해 줬어. 하지만 유리는 그 말을 받아들이지 못하더라고. 우습지만, 유리에게는 그런 일이 지금까지 단 한 번도 일어나지 않았으니까."

"거참, 이해가 안 되는 인생이네요."

경주는 하품을 길게 했다.

"그런 일이 반복되다 보니 유리가 이상해졌어. 이런 일이 시작된 데는 분명 원인이 있을 거라며, 자기 자신을 길을 잘못 든 열차에 비유하더라고."

인생은 하나의 선로와 같다. 그런 선로가 어느 순간 방향이 잘못 틀어지는 바람에 불행의 길로 접어든 게 된 것일지도 모른다.

이게 불행의 전조일 수도 있다.

아니, 어쩌면 지금까지 너무나 행운이 가득한 인생이었기에, 그간 없었던 불행이 파도처럼 밀려드는 것인지도 모른다.

"유리는 언제부터 불행이 잇따랐나 계속 곱씹었어. 그러다가 마침내 원인을 찾아냈지. 그게 바로 이상한 멜로디 사건이었어."

남들은 모두 듣는데 유리는 들을 수 없는 멜로디. 그 멜로디의 정체를 알아내면 불행이 끝나는 건 아닐까?

이후, 유리는 멜로디의 정체를 알아내려고 노력했다. 문제는 아무도 그 멜로디를 기억하지 못한다는 사실이었다.

분명 모두 머릿속에는 그 멜로디의 느낌이 남아 있었다. 그런데 콧노래로 흥얼거리는 건 불가능했다. 서로가 서로의 콧노래를 들으며 그건 아니라고 하면서도, 흉내는 내지 못했다.

"아아, 그거 알아요."

경주는 바로 유성의 말을 알아들었다.

가끔 그런 노래가 있다. 하루 종일 머릿속에 맴도는데 전혀 입 밖으로 나오지 않는 노래, 아무리 해도 제목을 모르겠는 노래. 최근 한참 경주 머릿속에서 떠나지 않았던 노래의 제목은 '찾아라, 드래곤볼'이었다. 경주는 이 노래를 알아내고 싶어 한참 '잠을 자야 했다.'

그런 건 흔한 일이다. 대부분의 경우, 그러다가 만다. 그냥 잊고

마는데 유리는 달랐다. 이 노래에 집착했다. 어떻게든 이 노래의 정체를 알아내야 한다고, 그래야만 자신의 불행이 끝날 거라고 진심으로 믿었다.

"그래서 널 찾아왔어. 너는 이런 이상한 일에 전문이라고 들었거든."

경주는 남의 연애사를 돕는 일은 질색이다. 하지만 눈앞의 유성을 보니 마음이 약해졌다.

사랑하는 여자아이를 진심으로 돕겠다고 경주를 찾아온 유성. 단 한 번도 말을 섞어 본 적 없는 경주를 찾아와서 쩔쩔 맨다. 그런 표정 아래 드러나는 근육은 또 어찌나 울퉁불퉁 멋진지.

경주는 결국 꺾였다.

"알겠어요."

하품을 길게 했다.

"일단, 한숨 자야겠는데. 망 좀 봐 줄래요?"

"잔다고? 지금 여기서?"

"낮잠 자기 딱 좋은 날씨잖아요."

유성은 경주의 말에 하늘을 올려다봤다. 9월의 햇볕은 확실히 잠들기 딱 좋은 따듯한 빛을 내뿜고 있었다. 유성은 다시 고개를 돌렸다. 경주에게 망을 봐 주겠다고 말하려고 했으나 그럴 틈은 없었다. 이미 경주는 세상모르고 깊은 잠에 빠져 있었다.

누군가에게 잠은 그저 휴식을 위한 일이다. 하지만 경주에게 잠은 다른 세계의 통로다.

어린 시절부터 경주는 잠이 들 때마다 다채로운 자신을 살았다. 가끔 경주는 어린아이이기도 하고, 한 아이의 엄마 혹은 아빠이며, 또 언젠가는 할머니나 시체였으며, 인간이 아닌 적도 있었다. 경주는 단 하나의 돌이었고, 물고기였고, 새였고, 저 멀리 다른 혹성에 존재하는 외계인이었다.

경주는 자유자재로 바뀌는 자신을 제어할 수 없었나. 그래서 모든 게 그저 스펙터클한 개꿈이라고 생각했다. 하지만 열두 살, 첫 생리가 시작된 후 상황이 달라졌다. 이제 경주는 꿈속에서 자신을 제어할 수 있었다. 원하는 세계로 이동하는 것은 물론, 다른 현실 속의 능력을 가져올 수도 있었다.

예를 들어, 경주가 학교에서 좋은 성적을 거두는 것은 어딘가의 세계에서 우수한 고등학생이 된 자신의 능력을 빌린 것이었고, 점심시간에 밥을 먹지 않아도 배가 고프지 않은 것은 다른 세계에서 하루 종일 먹어 대는 뚱뚱한 경주 덕이었다.

경주가 잠탐정이라고 불리게 된 것 역시 이러한 다른 세계 덕이었다. 경주는 이해할 수 없는 질문을 들으면 일단 잤다. 세계를 몇 개고 뛰어넘다 보면 쉽사리 그 답을 찾을 수 있었다. 과거와 현재, 미래에 모두 걸쳐 있기에 경주가 원하면 얼마든지 과거로 가거나 미래로 가서 직접 답을 알아낼 수 있었다.

최근 들어 경주는 이런 세계를 가리키는 말을 알았다.

다중 우주, 혹은 멀티버스.

오늘 경주의 목표는 유리의 머릿속에 존재하는 기이한 멜로디의 정체를 파악하는 것이다.

이제, 다른 세계에서 경주가 잠에서 깬다.

경주는 하품을 길게 하며 깨어나다가 당황했다. 이 세계의 경주는 휠체어를 타고 있었다. 게다가 양다리가 없었다.

처음 다른 세계에서 자신의 몸 일부분이 사고로 사라진 일을 경험했을 때 경주는 큰 충격을 받았다. 하지만 이제는 쯧, 하고 혀를 한 번 찬 후 움직일 뿐이었다. 이것은 수많은 경주의 모습 중 하나라는 사실을 알기 때문이었다. 그보다 중요한 것은 유리를 찾는 일이다. 경주가 병원에서 이런 모습으로 깨어났다는 것은, 이 세계의 경주가 병원에서 우연히 유리와 마주쳤다는 뜻이니까.

경주는 열심히 휠체어를 굴려 병원을 돌아다니며 주변에서 문제의 인물을 찾았다. 얼마 안 가 한 소녀를 발견했다. 긴장된 표정으로 진료실에서 나오는 소녀. 누구보다 눈에 띄는 소녀. 말 그대로 완벽해 보이는 소녀와 그만큼 주변의 시선을 끄는 중년의 부모. 아마 소녀의 이름이 유리이리라. 경주는 진료를 기다리는 것처럼 굴며 유리에게 다가갔다.

유리는 혼잣말을 중얼거리고 있었다.

"무언가 잘못됐어. 어디선가 길을 잘못 든 거야. 대체 뭐가 어떻게 된 거지."

경주는 고개를 끄덕였다. 유리는 길을 잘못 든 것이다. 어느 순간 인생의 교차점에서 삐끗하였기에 유리의 인생이 암에 걸린다는 방향으로 흐르게 되었다.

경주는 그것이 결코 나쁘지 않다는 사실을 안다. 하지만 유리는 그 사실을 모르기에 저렇게 힘들어하는 것이다.

경주는 유리에게 말해 주고 싶었다.

'이 세계엔 수없이 많은 네가 있어. 어느 세계인가의 너는 여전히 스스로 행복하다고 생각하고 있을 거야. 그러니 아무 걱정 하지 마.'

하지만 그건 경주의 역할이 아니었다. 경주의 역할은 '멜로디의 정체'를 파악하는 것이니까.

유리가 퀭한 눈으로 잠시 경주를 바라보았다. 이 순간, 경주는 유리의 본질을 느꼈다. 본질을 외우면 다른 세계에서 유리가 다른 모습을 하고 있더라도, 경주는 유리를 단번에 알아볼 수 있다.

경주의 입에서 다시 하품이 나왔다. 다른 세계로 이동할 타이밍이었다.

이번에 경주가 눈을 뜬 곳은 수영장이었다. 경주는 순간, 자신이 본래의 모습으로 존재하는 세계에 왔다고 생각했다. 자신의 눈높이가 인간의 눈높이와 같았기 때문이다. 게다가 양손을 움직이거나 할 때에 수영복을 입은 여자의 몸이 보였다.

하지만 얼마 지나지 않아 경주는 자신의 생각이 착각이었음을 깨달았다.

갑자기 경주는 여자아이의 손에 '들려 올려져' 머리에 걸쳐졌다. 그러고는 수영장을 빠져나가 샤워를 하러 갔다. 거울에 비친 모습을 보고 나서야 깨달았다.

경주는 유리의 물안경이 되었다.

유리는 엉겁결에 유리의 맨몸을 보고 감탄했다.

'이렇게 아름다운 몸이 있을 수 있구나.'

하지만 유리의 얼굴은 그렇게 행복해 보이지 않았다.

유리는 거울을 보며 말했다.

"그 남자애와 사귀고 싶어."

이 세계의 유리도 채유성과 마주친 모양이다. 하지만 아직 채유성과 사귀지는 않는 상태인 듯했다.

"어떻게든 내 첫사랑이 되게 만들 거야. 그러려면 무슨 방법이든 쓸 거야. 나는 사랑을 이루고야 말 거야."

완벽하다고 들은 유리의 얼굴이 슬퍼 보였다. 경주는 그런 유리의 얼굴을 쓰다듬어 주고 싶었다. '괜찮다, 너의 세계는 수없이 많다. 그중에는 유성과 이루어지는 세계도 있다.'고 위로해 주고 싶었다. 그 순간 유리의 손이 물안경으로 다가왔다. 물안경의 시야가 흐려지며 경주 역시 자연스레 잠이 들었다.

다시 눈을 떴을 때, 경주는 자신이 여전히 물안경이라고 생각했다. 누군가의 손에 들려 있는 탓이었다. 하지만 얼마 안 가 경주는 자신의 주변 풍경이 완전히 바뀐 것을 깨달았다.

이번엔 깊은 바닷속이었다. 경주는 누군가의 손에 들려 있는 커다란 진주를 머금은 조개였다. 경주를 손에 든 여자는 심지어 아름다운 인어였다.

"마녀와 거래를 하겠어."

경주는 인어의 목소리를 듣는 순간, 이 인어가 유리라는 사실을 직감했다.

"너와 바꿔서 인간이 될 거야. 그래서 그에게 갈 거야."

아마도 이곳은 인어공주의 세계.

아직 인어공주에게는 다리가 없다. 그렇다면 이제 인어공주가 갈 곳은 정해져 있다.

'마녀를 만나러 가겠지.'

경주의 예상대로 인어공주는 음습한 검은 연기가 뿜어 나오는 동굴로 향했다.

문어 다리의 마녀가 검은 요술 봉을 공중에 휙휙 휘두르고 있었다. 그럴 때마다 빨강 분홍 노랑 등 갖가지 색깔의 물거품이 나왔다. 마녀는 무료한 듯 하품을 길게 하며 그런 물거품을 요술 봉으로 톡톡 터뜨리며 시간을 때우고 있었다.

인어공주가 마녀에게 조심스레 말을 걸었다.

"저기……."

"무슨 일로 행차?"

"인간이 되고 싶어요."

인어공주는 경주, 즉 커다란 진주를 머금은 조개를 마녀에게 보였다.

경주는 이다음 이야기를 알고 있다. 마녀는 인어공주의 아름다운 목소리를 빼앗는다. 인어공주는 아름다운 목소리 대신 인간의 다리를 얻고 왕자의 사랑을 얻지만 결국 모든 것이 물거품이 된다.

이제야 경주는 유리가 빼앗긴 멜로디의 정체를 눈치챘다.

그건 인어공주의 목소리. 왕자의 사랑을 얻기 위해 마녀에게 바친, 이 순간 부르는 노래이리라.

수많은 멀티버스의 유리 중 인어공주가 목소리를 빼앗긴 순간, 다른 세계의 유리들과 연결이 되었다. 그 탓에 유리는 자신이 부르던 노래를 잊었으리라.

다른 세계의 유리들은 그 노래를 잊어도 별 신경을 쓰지 않았으리라. 그 유리들에게는 큰 문제가 될 상황은 아니었을 테니.

하지만 경주의 세계 속 유리는 달랐다. 암에 걸린 탓에 비관적으로 변한 유리는 노래에 집착했다. 그 정체를 알고 싶어 했다.

경주는 집중했다. 인어공주의 노래를 들어야 했다. 그 노래를 알아내 현실 세계로 돌아가야 했다. 유성에게 의뢰를 받아서가 아니었다. 몇 개의 세계에서 유리를 만나다 보니 정이 들었기 때문이었다. 이제 경주는 유리를 위해 그 노래의 제목을 알아내고 싶었다. 위로해 주고 싶었다. '너는 괜찮다. 다 잘될 것이다.'라고 마음을 담아 말해 주고 싶었다.

인어공주가 입을 열고 천천히 노래를 부르기 시작하는 순간, 하필 마녀가 조개 안을 들여다보며 씩 웃었다.

"너는 여기까지."

조개가 닫히며 경주가 잠이 들었다.

"제기랄!"

벌떡 일어난 경주는 자신이 현실로 돌아온 것을 깨달았다. 두 팔과 두 다리가 달린 온전한 키 큰 여중생의 몸이었다.

유성이 흥분해 물었다.

"뭐, 뭐야? 벌써 깼어?"

경주는 유성을 무시하고 핸드폰부터 봤다.

12시 50분.

"좋았어. 다시 잔다."

"야, 뭐? 뭐라고?"

경주는 자신의 뺨을 세게 몇 번 손바닥으로 쳐서 기합을 넣은 후 다시 드러누웠다.

다시 수영장. 이번에 경주는 남자다.

'누구로 변한 거지?'

의아해하는데 눈앞에 유리가 있었다.

"오빠, 수영 가르쳐 준다며."

유리는 잔뜩 신이 난 표정으로 경주를 올려다보며 말했다.

"어?"

경주는 자신의 목소리를 듣고 깨달았다. 나는 유성이다. 대체 뭐가 어떻게 되면 남성에, 하필이면 유리의 첫사랑인 유성이 될 수 있는지는 모르겠지만, 별문제는 없다고 생각했다. 아니 오히려 이번에야말로 유리가 부른다는 기이한 노래를 제대로 들을 기회가 생길 테니까.

유성이 된 경주가 유리의 손을 잡았다. 유성이 된 경주는 그의 생각과 감정을 똑같이 느꼈다.

'이런 여자 친구가 첫사랑이면 좋겠다.'

잡생각에 빠져 있느라 방심했다. 경주는 유리의 손을 놓쳤다.

유리가 물에서 허우적거렸다. 경주는 재빨리 유리를 구해 수영장 밖으로 나가 인공호흡을 했다.

눈을 뜬 유리가 경주를 보며 말했다.

"첫 키스야."

"나, 나도 첫 키스야."

이 세계의 유성과 유리는 조금 다르게 사귀기 시작했다. 그래서인지 사귀는 과정도 좀 달랐다. 예를 들어, 둘이 가장 좋아하는 건 자전거 타기였다.

경주는 유성이 느낀 감정을 그대로 느끼며 유리와 함께 자전거를 탔다. 유리가 경주를 꽉 끌어안을 때마다 그를 지켜 주고 싶다고 생각했다. 그와 동시에 경주는 서글픔을 느꼈다. 유리가 곧 암에 걸려 힘들어할 모습을 아는 탓이었다.

경주는 이 세계의 유리만큼은 그런 일을 겪지 않았으면 좋겠다고 간절히 원했다. 그렇게 되려면 유리가 노래 부르는 순간을 놓쳐서는 안 되었다.

마침내 그 순간이 왔다. 처음으로 유성이 유리의 목소리를 듣는 순간.

경주는 유리의 집에 갔다. 유리의 방을 샅샅이 훑어봤다.

'이 방 어딘가에 유리의 콧노래를 빼앗긴 순간의 단서가 있을 거야.'

손거울, 큰 거울, 책상, 걸상, 스탠드, 컴퓨터, 오르골, 연필, 옷가지, 수없이 많은 인형들, 침대, 분홍색 이불, 신발…. 수상하다면 모든 게 수상하고, 아니라면 모든 게 평범했다.

잔뜩 긴장한 경주.

마침내 그 순간이 온다. 유리가 콧노래를 부르는 순간.

유리가 콧노래를 흥얼거린다. 경주는 유리의 목소리에 귀를 기울인다. 마녀가 조개의 입을 닫는 바람에 들을 수 없었던 그 목소리, 너무나 아름다운 멜로디의 노래.

'이건 무슨 노래일까. 유리는 왜 하필 이 노래를 부르는 걸까.'

경주가 묻는다.

"노래 제목이 뭐야?"

"내가 무슨 노래를 했어?"

경주가 유리가 부르는 콧노래를 흉내 낸다. 그런데 똑같이 따라 부를 수가 없다.

"이상하네. 잘 안 되네. 아무튼 이런 비슷한 가락이야."

유리가 의아한 표정을 짓는다.

"난 콧노래를 부른 기억이 없어."

"무의식중에 그런 좋은 노래를 부른다고?"

경주는 저도 모르게 감탄한다.

"역시 우리 유리는 완벽하구나!"

완벽한 유리. 이건 경주의 마음에서 우러나온 말이다.

이쪽 세계에서는 벌써 시간이 일주일이나 흘렀다.

'저쪽 세계의 시간은 얼마나 흘렀을까.'

이쪽 세계에서 보내는 시간은 상대적이었다. 어떨 때엔 저쪽 세계의 찰나에 불과하지만, 어떨 때엔 며칠 간 깊은 잠에 들었다가 깨어나는 일도 있었다. 그렇기에 경주는 본래 세계에서 유성에게 자신을 잘 지켜봐 달라고 부탁했다.

이제 유리는 학교에서도 그 노래를 불렀다. 반 아이들은 모두 넋이 나가 노래 부르는 유리를 바라봤다. 하지만 아직도 노래의 제목은 알아내지 못했다.

방과 후, 다시 유리와 경주가 함께 자전거를 탔다. 황혼이 지는 길을 따라 자전거로 저만치 멀어지는 유리의 모습은 아름다웠다. 경주는 저도 모르게 손을 뻗었다. 멀어지는 유리가 경주의 손에 잡힐 듯 말 듯했다.

경주는 그게 또 서글펐다. 결국 문제의 노래 제목을 알아내지 못하는 바람에 유리가 자신의 손에 잡힐 수 없는 존재가 될 것만 같아서, 그렇게 이 세계의 유리마저 불행해질 것만 같아서.

유리의 자전거가 공원 앞에 멈췄다. 유리는 불규칙적으로 솟아오르는 저수지의 분수대를 보며 또 그 노래를 흥얼거리고 있었다. 경주가 자전거에서 내려서 유리에게 다가갔다. 유리의 옆에 나란히 서서 노래를 들으며 분수대를 바라봤다.

유리는 노래를 부르다가 경주를 바라봤다. 까치발을 해 경주의 입에 키스했다.

"사랑해, 오빠."

"나도 사랑해, 유리야."

경주는 행복했다. 이 순간이 끝나지 않았으면 좋겠다고 생각했다. 하지만 경주는 알고 있었다. 이 행복은 이 세계의 유성 것이라는 사실을. 경주는 암에 걸린 유리를 둔 채 본래의 세계로 돌아가게 될 것이란 사실을.

경주는 애절한 마음을 한껏 담아 유리를 끌어안았다. 이 세계의 유리만큼은 불행한 생각에 빠지지 않고 계속 행복하길 바라며.

그 순간 분수대의 물길이 멈췄다. 주변이 고요해졌다. 경주는 무언가 이상하다는 사실을 깨달았다.

눈앞의 저수지의 물이 반으로 갈라지며 한 여자가 나타났다.

"여기 있었구나."

인어공주의 마녀가 나타났다.

"너는 나와 계약을 했어. 그러니 너의 모든 멜로디는 다 내 것이야."

경주가 놀라 유리의 앞을 막아서며 물었다.

"어, 어떻게? 네가 어떻게 여기에 왔지?"

"저리 꺼져."

마녀가 코웃음을 치며 요술 봉을 휘두르자, 경주가 그대로 뒤로 날아가 버렸다. 그와 동시에 마녀가 요술 봉으로 유리를 가리키자 유리의 목에서 핑크색의 반짝이는 무언가가 튀어나왔다.

마녀가 다시 한번 마술봉을 휘두르니 경주였던 조개가 나타났다. 조개 안에는 아름다운 핑크색 진주가 가득했다.

마녀는 유리의 목에서 빼낸 진주를 조개 안에 넣고 닫았다.

"앞으로 다섯 개만 더 모으면 계약 완료."

그러고는 갈라진 물속으로 유유자적 걸어 사라져 버렸다.

"안 돼! 놓칠 수 없어!"

경주는 소리 지른다. 전심전력으로 달려 저수지로 뛰어든다. 이 세계의 경주는 유성이다. 유성은 수영을 할 수 있다. 경주는 마녀의 문어 다리를 잡을 듯 말 듯하다.

그 순간 시야가 흐려지며 경주는 소용돌이에 빠졌다.

너무 심한 공격을 받은 나머지 경주는 자신의 능력을 제어할 수 없었다. 혼란스러운 가운데 경주는 수많은 세계를 오갔다. 다양한 자신으로 바뀌는 가운데 경주는 왜, 어떻게 마녀가 다른 세계로 올 수 있었는가를 곱씹었다.

'마녀는 나와 같은 능력자가 분명해. 멀티버스의 법칙을 깬 마녀 탓에 세계가 붕괴된 거야. 그래서 유리는 불완전한 존재가 되어버려 다른 세계의 유리들도 조금씩 어긋나 버린 거겠지. 그 탓에 내 세계 속 유리는 기이한 멜로디를 흥얼거리다 결국 잃어버린 거야.'

한 세계의 문제는 그 세계에서 맺음을 지어야 한다. 마녀는 그 규칙을 깼다. 자신의 세계 속 인어공주의 목소리뿐만 아니라, 다른 세계에 사는 모든 유리의 멜로디를 탐냈다.

'마녀가 앞으로 다섯 개밖에 남지 않았다고 했지. 그건 수많은 멀티버스 가운데, 유리의 목소리를 빼앗지 않은 세계가 다섯 개라는 뜻일까? 마녀가 모든 세계에서 유리의 멜로디를 빼앗으면 무슨 일이 일어날까? 마녀는 대체 왜 그런 일을 하는 걸까?'

알 수 없다. 하지만 경주는 자신이 해야 할 일은 확실하게 알고 있었다.

'마녀가 빼앗은 다른 세계의 멜로디를 본래의 자리로 돌려놔야 해!'

경주는 간절히 빌었다.

가장 확실하게 마녀에게서 유리의 멜로디를 빼앗을 수 있는 순간으로 가게 해 달라고.

수없이 많은 소용돌이에 휩쓸린 채 경주가 하품을 했다.

경주가 다시 눈을 떴을 때, 그곳은 온통 분홍빛으로 물든 세계였다. 경주는 눈이 부셔 사물을 알아보기가 힘들 정도였다.

적응을 마친 경주는 이번 세계가 작은 상자란 사실을 깨달았다. 벽에는 커다란 거울이 붙어 있고, 경주의 옆에는 금속으로 세공된 정교한 인어공주의 상이 놓여 있었다.

그 인어공주가 이 세계의 유리였다. 그리고 경주는 다시 조개였다. 하지만 살아 있는 조개가 아닌, 인어공주와 마찬가지로 금속으로 만들어진 조개였다.

'이곳은 대체 어딜까.'

갑자기 시야가 밝아졌다. 경주가 있는 '세계의 문이 열렸다.' 멜로디가 흐르면서 눈앞의 금속 세공 인어공주와 조개인 자신이 빙글빙글 돌았다.

"훌륭한 결정이십니다."

눈앞에 한 여자가 서 있었다. 경주는 바로 그 여자의 본질을 알아봤다. 마녀였다. 이 세계의 마녀는 인간 흉내를 내고 있었다.

"지금 파셔야 좋은 값을 받으실 수 있어요."

마녀가 한 남자를 상대하고 있었다. 남자는 1900년대 초반에나 유행했을 법한 양복을 입고 영 거북한 표정으로 콧수염을 매만졌다. 남자와 마녀의 복장으로 볼 때, 이곳은 근현대의 미국으로 보였다. 그리고 남자는 경주가 '담긴' 물건을 팔고 있었다.

경주는 자신이 담긴 물건의 정체를 깨달았다.

오르골. 경주는 이 오르골을 다른 세계에 존재하는 유리의 방에서 본 적이 있었다.

'결정적인 순간으로 오길 간절히 바랐건만 왜 여기야? 나는 꼼짝도 할 수 없는 상태인걸?'

"그럼, 이걸로 거래가 결정된 것입니다."

다시 시야가 어두워졌다.

'이대로 잠이 드는 걸까.'

아니었다.

경주는 그 상태 그대로 다른 세계로 이동하고 있었다.

"이걸로 마지막이군."

마녀가 기분 좋게 웃었다.

"마침내, 모든 목소리를 얻었어! 이걸로 모든 세계는 이제 내 발 아래에 있어!"

경주는 확신했다. 마녀는 자신과 마찬가지로 능력자다. 더불어 마녀가 노린 것은 단순한 멜로디가 아닌, 모든 세계의 멜로디를 통해 전 세계를 군림할 힘이다.

인어공주의 목소리를 빼앗는 조건이 성립된 순간, 마녀는 그 조건을 이용해서 모든 멀티버스의 유리와 계약을 맺으려 했다. 어떻게 그런 일이 가능한지는 모르겠지만, 마녀는 모든 세계의 유리와 계약을 하고 목소리를 빼앗는다면, 멀티버스를 정복할 능력을 얻게 되는 모양이다.

하지만 그렇게 간단하게 되지는 않을 것이다. 경주가 지금, 여기, 있으니까.

다른 세계, 차원의 통로로 들어간다는 것은 경주가 다른 모습으로 변신한다는 뜻이다. 그건 곧 마녀 역시 그 법칙에서 자유로울 수 없다는 뜻과 같았다.

통로 안에서 마녀와 경주는 각기 다른 모습으로 변화한다. 마침내 마녀가 경주를 인식한다. 마녀는 한 손에 모든 유리의 목소리를 모아 거대해진 분홍색 진주를 들고 있다가 당황한다.

"너, 너, 뭐야!"

"나?"

경주는 빠르게 다른 자신으로 변화한다. 마녀보다 압도적이고, 그를 제압할 수 있는 힘이 센 존재가 되기로 마음먹는다.

이곳에서 경주는 완벽하다. 완벽한 경주는, 무엇이든 바라는 대로 이룰 수 있다. 이럴 때마다 늘 드웨인 존슨이 떠올랐지만 지금은 달랐다.

"나는 그냥, 나다!"

경주는 마녀를 단번에 허공으로 날려 버린다. 마녀는 공기 빠진 풍선처럼 소용돌이에 휩싸여 사라진다. 당분간 마녀는 그 소용돌이에서 벗어나기 힘들 것이다.

"또 얼결에 세계의 평화를 지킨 것 같은데."

경주가 안도의 한숨을 쉰다. 거대한 분홍색 진주를 양손으로 번쩍 들어 올리며 소리친다.

"이 멜로디를 모든 유리에게 돌려줘!"

온 세상이 분홍색으로 물든다. 아름답다. 너무나 아름다운 빛이다. 경주는 따듯한 빛 안에서 자연스레 잠이 든다.

"허억!"

경주는 숨을 크게 들이마시며 현실에서 깨어났다. 점심시간의 교실이었다. 인간으로 돌아왔다. 분홍색 진주 형태의 목소리는 보이지 않았다.

"유리는! 유리는 어떻게 됐어!"

경주는 벌떡 일어나 앞자리의 친구를 붙잡고 소리 질렀다.

"야, 무슨 잠을 그렇게 자냐!"

경주는 어이없어하는 아이들의 목소리를 듣고, 자신의 목소리를 들은 후에야 자신이 본래의 모습인 열네 살 여자아이로 돌아왔다는 사실을 깨달았다.

"이런, 제길!"

경주는 다급히 핸드폰의 시각을 확인했다. 12시 35분. 경주가 유성을 만나기 직전이었다.

'앞으로 5분, 5분 뒤면 뒷문에서 유성이 나타나겠지.'

경주는 잔뜩 긴장한 표정으로 뒷문을 바라봤다.

뒷문이 열리고 누군가 들어왔다.

"경주야!"

유리였다. 유리가 활짝 웃으며 경주에게 손을 흔들었다.

경주는 놀라 벌떡 일어났다.

"유, 유리? 네가 왜 여기에?"

"얘가 왜 이래."

유리가 웃었다.

"유성 오빠랑 셋이 같이 점심 먹기로 했잖아. 어서 가자, 옥상으로."

'유성이 옥상에서 기다린다고?'

경주는 영문을 알 수 없었다. 이 세계의 무언가가 바뀌었다. 그 탓에 유성과 경주, 유리가 친구가 된 것 같다.

경주가 다급히 유리에게 물었다.

"너랑 유성 오빠는 사귀는 거지?"

"얘가 오늘 진짜 왜 이래."

유리가 그 말에 또 웃었다. 그러더니 노래를 부르기 시작했다.

"그거, 무슨 노래야?"

경주가 묻는다.

"아, 이거?"

유리가 아무렇지 않게 대꾸한다.

"안 그래도 나도 제목 알고 싶어서 한참 고생했어. 며칠간 머릿속에서 맴도는데 제목이 떠오르지 않더라고."

"그래서 알아냈어?"

"응."

유리가 앞서 걸어갔다.

"엘가의 '사랑의 인사'라는 노래였어."

경주는 전율했다.

유리가 제목을 기억한다. 그렇다는 건, 세계가 균형을 되찾았다는 뜻이다.

"예스으!"

경주가 저도 모르게 소리를 질렀다.

"얘가 왜 이래? 아무튼 넌 특이해."

유리가 웃는다. 경주보다 앞장서 걸어 옥상 문을 연다.

9월의 햇빛이 뿜어져 나온다. 경주는 갑작스런 빛에 눈이 시리다. 옥상으로 걸어가는 경주의 앞에 유성이 서 있다.

유성이 경주에게 다가와 말한다.

"잘 잤어?"

"어떻게 알았어? 내가 잤는지."

경주는 경계한다.

"뭐래."

그런 경주에게 유성이 다가오며 웃는다. 경주의 얼굴을 양손으로 잡고 눈을 맞춘다.

"사귀는 사이니까, 당연하지."

유성이 경주에게 키스한다. 달콤한 키스다. 봄볕을 닮은 따뜻함이 경주의 입술로 흘러든다. 경주는 저도 모르게 눈을 감고 키스의 꿈을 꾸며 깨닫는다. 이것 역시 어딘가에 존재하는 또 다른 세계란 사실을.

"허억!"

경주는 다시 한번 비명을 지르며 일어났다. 눈앞에는 다시 유성이 있었다. 유성은 경주를 내려다보고 있다가 그대로 경주와 박치기를 했다.

"으악!"

경주와 유성은 예상치 못한 충돌에 동시에 비명을 질렀다.

“대체 머릿속에 뭐가 든 거야!”

“그쪽이야말로!”

경주는 정신이 번쩍 들었다. 주변을 둘러보고 교복이 맞나 확인했다.

맞다. 이번에야말로 제대로 된 세계로 돌아왔다. 경주는 핸드폰을 확인했다. 1시 정각. 10분밖에 지나지 않은 시각이었다.

그사이 경주는 수없이 많은 세계를 오갔다. 마지막 세계에서 경주는 유성과 키스를 했다. 경주는 왠지 유성과 눈을 마주치는 게 어색했다. 그건 지난번 세계에서 유리를 만났을 때 느꼈던 벅찬 감정과 비슷했다.

“사랑의 인사.”

경주가 우물거리며 말했다.

“뭐?”

“그 노래의 제목은 엘가의 ‘사랑의 인사’야… 아니, 예요.”

경주는 마지막에 존댓말을 덧붙였다. 갖가지 세계를 오가며 반말을 하다 보니 존댓말이 어색했다.

“어, 어떻게. 어떻게 알아낸 거야?”

“꿈을 꿨어요. 아주 길고 긴 꿈을.”

경주는 하품을 하며 빙그레 웃었다.

방과 후, 경주는 학교를 나서면서 하품을 길게 했다. 점심시간에 지나치게 많은 세계를 이동한 탓에 진짜 졸음이 찾아들었다. 어서 집으로 돌아가 푹 자고 싶다. 이번에는 결코 다른 세계로 빠져들지 않을 셈이다.

"저기, 윤경주 맞지?"

누군가 경주를 불렀다. 경주는 여전히 하품을 하며 뒤를 돌아봤다.

그곳에는 유리가 서 있었다. 몇 개의 세계를 거듭해 이동하며 몇 번이고 마주쳤던 유리가, 한 번은 유성이 되어 첫 키스를 나누기도 했던 유리가 그곳에 있었다.

"맞지, 윤경주?"

"아, 응."

유리가 경주에게 다가와 말했다.

'이럴 때 만감이 교차한다고 하는 거군.'

"오빠한테 들었어. 네가 노래 제목을 알아내 줬다고. 고맙다고 하고 싶었어."

유리가 경주를 살짝 올려다보며 말했다.

"제목을 듣고 나니 잊었던 기억이 떠오르더라. 어렸을 때 집에 오르골이 있었어. 그 오르골에서 '사랑의 인사'가 나왔지. 오르골 뚜껑을 열면 인어공주가 춤을 추는 오르골이었어. 그 오르골을 보물처럼 여겼었는데 왜 한참 잊고 있었을까."

"마녀의 마법에 걸렸거든."

"응? 뭐라고?"

"아무것도 아니야. 네가 괜찮아졌다니 다행이야. 이제 불행한 생각은 안 하는 거지?"

"아니."

유리가 쓸쓸한 표정을 지었다.

"여전히 나는 불행한 생각을 해. 내가 잘못 짚었어. 그 노래는 내가 불행해진 계기가 아니었나 봐."

경주는 유리의 눈을 가만히 들여다봤다. 그 안에 아직 깃들어 있는 일말의 불안감을 발견하고는 저도 모르게 말이 튀어나왔다. 몇 번이고, 다른 세계를 여행하며 유리를 만날 때마다 해 주고 싶었던 말이.

"이 세계엔 수없이 많은 네가 있어. 어느 세계인가의 너는 여전히 스스로 행복하다고 생각하고 있을 거야. 그러니 아무 걱정 하지 마. 그 세계의 네가 행복한 만큼, 너도 행복해질 거야."

유리가 놀란 표정으로 경주를 바라봤다.

경주는 아차, 싶었다. 이 세계의 유리는 지금 경주를 처음 만난 것이다. 뭣보다 멀티버스 같은 건 전혀 모를 것이다.

"아, 잠이 덜 깼나. 이상한 말을 했네."

그런데 유리의 눈에서 눈물이 한 방울, 또르르 떨어졌다.

"야, 왜 울어. 왜. 나 때문이야?"

당황한 경주가 유리와 눈을 마주치는 순간, 하품이 나온다.

갑자기 졸음이 쏟아진다.

선잠이 든다.

잠깐 잠이 든 찰나, 경주는 수없이 많은 다른 세계의 유리를 본다. 다른 세계의 유리들이 하나같이 이 세계의 유리를 바라보고 있다. 그들의 마음에서 다정함을 조금씩 떼어 이곳으로 보낸다.

다정함은 핑크빛 진주를 닮았다. 진주가 유리의 눈에 박히는 순간, 그 눈에 서려 있던 불안감이 사라진다. 다시 행복이 돌아온 것이다.

경주는 막연히 알아 버린다.

마녀로 인해 거의 모든 세계의 유리는 잠시 교합점이 생겼다. 그 때문에 어떤 식으로든 가끔, 다른 세계의 유리와 이 세계의 유리가 만날 수 있게 되었다.

지금 이 순간, 그 접점이 연결됐다. 그 연결고리는 경주의 말이었다.

경주가 다시 눈을 떴다. 유리를 마주 보았다. 유리의 눈에 반짝이는 핑크빛 진주가 보였다.

"고마워."

유리가 웃었다.

"뭔지 모르겠지만 고마워. 어쩐지 네 말을 듣는 순간, 불안감이 사르륵 녹아드는 기분이 들었어. 이제 다시 좋은 일만 생길 것 같아."

경주가 유리를 보고 웃었다. 경주도 함께 웃었다. 어쩐지 둘은, 좋은 친구가 될 것 같았다.

그 전에, 집에 가서 한숨 푹 자고.

차영민

마이
소울 스틱

MY SOUL STICK

와, 이건 찐이다
신의경지!
이것이 K드럼
사람이 아님... 신도 지리겠다!
BTS도 울고 간다.
인정, 개인기

내가 그 스틱을 발견한 건, 우연이 아니었다. 열다섯 내 인생을 돌아볼 때 어느 것 하나 우연인 것은 없었다. 모든 것은 이미 기다리고 있는 연결 고리가 있었고, 그 과정에서 내 선택은 그 과정일 뿐이었다.

사람들은 모른다. 좋은 일이 생기면 운이 좋다고 여기고, 나쁜 일이 생기면 운이 나빴다고 합리화하기 바쁘다. 나 역시도 그랬다. 그 스틱을 처음 발견했을 땐 운이 참 좋았다고 여겼다. 마치 하늘이 준 기회로 받아들였다. 모든 것은 얻은 만큼 내어 줘야 하는 게 있는 법. 내어 주기 싫어서 발버둥 치다 보면 오히려 이미 가진 것들도 모두 빼앗겨 버리는 것.

자연의 숨겨진 법칙과도 같은 이 연결 고리를 끊어 버리고 싶다. 그 스틱을 찾은 순간부터 운명이 시작되었다면, 모든 것은 내 손에서 이뤄질 테니까 그것이, 나의 진짜 연주가 시작된 순간이었다.

쿵 타, 쿵쿵 타, 쿵 타, 쿵쿵 타, 쿵탁 쿵 쿵쿵 탁, 쿵칙탁쿵 쿵쿵 탁!

심장이 뛴다. 빠르게, 점점 더 빠르게. 이마 끝에서 슬그머니 맺힌 땀은 머리카락 선을 따라서 하나둘 자리를 잡는다. 스틱과 딱 붙은 검지와 엄지 끝이 진동을 따라 떨린다. 들이마시고 내뱉는 호흡 한 번, 다시 들이마시고 내뱉는, 이조차도 지금은 사치다. 손끝과 발등을 타고 올라오는 미세한 진동 하나하나에 집중해야 한다. 드럼의 베이스, 스네어, 탐탐, 심벌즈가 조금도 쉴 새 없이 온몸으로 소리를 내지르는 이 순간! 눈앞이 흐려진다. 귓가에 맴도는 소리가 진동이 되어 심장에 곧장 내리꽂혀 내 목을 조여 온다.

이대로 멈춰선 안 된다. 온몸으로 드럼에 땀을 쏟아 내고, 드럼은 자신을 지탱하는 바닥의 진동까지 끌어 모아 리듬으로 되돌려 준다.

'그래, 바로 이거야. 이거라고!'

드럼과 내가 완전히 한 몸이 되는 순간, 이대로 흐름만 따르면 이 공간을 채우는 모든 사람들의 호흡과 사물들의 진동이 오직 나를 위해 연주해 줄 것이다. 이 흐름에 완전히 맡겨 버리면 되는데,

멈추고 말았다. 터질 듯 질주하던 심장이. 거기다가 차갑게 식어 버렸다. 구석구석으로 뜨거운 피를 전달하는 혈관이. 너무나도 순식간이었다, 멈추고 식어 감이. 양팔은 상한 오징어처럼 축 늘어졌고, 몸의 일부처럼 착 달라붙었던 스틱도 손끝에서 떨어져 바닥에 나뒹굴었다.

순간, 눈앞에 그 사람의 그림자가 보였다. 바로 지금이란 말인가. 소리치고 싶었다. 그러나 아무리 외쳐도 소리는 조금도 새어 나오지 않았다. 얼굴을 뒤덮었던, 등을 완전히 감쌌던 땀줄기들이 흐르다가 그대로 소멸하고 말았다. 마치 처음부터 존재하지 않았던 것처럼. 단단하게 굳었던 어깨가 갑자기 가벼워졌다. 이대로 열다섯 평생 나를 가둔 육체에서 완전히 벗어나는 걸까. 가장 원했던 순간이지만, 지금은 아니다. 최소한 지금은.

바닥에 떨어진 스틱은 땀을 머금은 자리부터 점점 색이 바래더니 검게 타들어 갔다. 단단했던 모습은 무기력한 재가 되었고, 바닥의 먼지들과 함께 바람처럼 떠나갔다. 조금 전 쏟아 냈던 에너지는 기억조차 않을 기세로. 손끝부터 찬 기운이 타고 올라와 턱밑까지 자리 잡았지만, 눈가에 먼저 차오른 뜨거움은 걷어 내지 못했다. 이대로 멈출 순 없었다. 그러나 움직여지지 않았다. 몸부림치고 싶지만 힘을 주려고 할수록 조여 오는 건, 이미 얼음처럼 식어 버린 왼쪽 가슴팍뿐.

'어디서부터 잘못된 것일까?'

나는 천재로 불려 왔다. 아무것도 없는 빈손일 때는 전혀 드러나지 않는다. 양손에 스틱이 쥐여지고, 내 몸보다 더 큰 드럼 앞에 앉는 순간 천재로 바뀐다.

부모님과 가족들이 한 번씩 해 주는 얘기에 따르면 내가 태어나 처음 내뱉은 말은 '엄마'도 '아빠'도 아닌 바로 '쿵짝'이라고 한다. '네 박자'가 세상의 시작이자 끝이라고 믿는 우리 할아버지는 이 사실 자체를 상당히 기뻐하셨다. 딱히 우리 집안이 명망 있는 음악가 쪽은 전혀 아니었다. '박씨네 떡볶이'의 공동 대표인 부모님과 40년 공직 생활을 마무리하고 제2의 인생을 15년째 찾고 계신 할아버지가, 함께 살고 있는 가족의 전부다. 아무리 살펴봐도 음악과 연결 고리는 전혀 없다. 오히려 아빠는 음악을 딱히 좋아하지 않았고, 엄마는 음악이 아니라 임영웅 팬클럽 '영웅시대' 지역 간부를 맡으며 짝사랑으로만 머무는 정도다.

여기서 내가 왜 천재로 불렸는지 궁금할 거다. 어른들 얘기와 지금까지 내 기억을 더듬어 보건데, 정말 과연 이래도 되나 싶다. 매주 가족과 함께 다니는 교회에 드럼이 있었을 뿐이고, 그걸 보니 네 살 어린아이의 호기심에 이은 적극적 행동이 스틱을 쥐게 했을 뿐이고, 주변 어른들이 장난삼아 한번 쳐 보라고 하니, 순종적인 마음으로 보이는 대로 쳤다. 퉁, 챙, 탁, 둥, 팍!

"이야, 드럼 신동 나셨네! 주께 감사와 영광을 드립시다!"

교회 사람 중 한 사람의 환호가 기정사실이 되는 데 걸린 시간은 단 10초였다. 그 순간부터 주변으로부터 드럼 신동, 천재 드러머로 인식되었다. 그게 단순히 극히 일부 사람들의 인정을 받는 수준이었다면, 지금 내 인생은 그럭저럭 조용했을지도 모르겠다. 교회에는 방송국 직원이 한 분 계셨다. 그분의 소개로 지역 케이블 방송에 꼬마 드럼 신동으로 잠깐 출연했다. 나조차 기억이 명확하지 않지만 출연 당시에 꽤 많은 사람들이 봤다고 하나. 지금도 동네 편의점이나 마트에서 아주 가끔 알아보는 사람이 있을 정도다.

사람은 누구나 자신의 상태를 정확하게 알고 있다. 때로는 그것이 어떤 이유에서든 스스로 왜곡하고 진짜 모습을 잊어버리기도 한다. 드럼은 나에게 그런 존재였다. 너무나도 어릴 때부터 신동과 천재 소리를 들어왔던 터라, 그것은 또 하나의 이름처럼 당연하게 받아들였다. 우리 엄마와 아빠, 그리고 할아버지를 비롯해 주변 사람들에게 칭찬받는 일을 거절할 용기는 최소한 내겐 학습되지 않았으니까. 한편으로는 분명히 알고 있었다. 드럼 앞에서 스틱을 잡으면 현란하게 휘두를 수 있지만 그것이 전부였다는 것을. 드럼은 박자를 잡아 주는 중요한 악기인데 내겐 그 감각이 전혀 없다. 가끔은 다른 사람과 합주할 때 내 상태를 잠시 의심받기도 했지만 원래 전재로 평가받아 왔던 자체로 무마할 수 있었다. 한 곡 연주할 때마다 내가 펼치는 박자는 제각각이었고, 이건 능력 부족보다 오히려 새로운 방식의 곡 해석으로 전해지고 말았다. 이게 가능했던 건, 난 천재였으니까.

"역시 찬이는 다른 드러머들과 달라. 차원을 뛰어넘어 박자를 가지고 논다니까!"

사람들은 기존의 박자 체계를 초월했다고 입을 모았다. 그마저도 바로 잡을 기회를 수백 번이나 놓치고 말았다. 스틱을 잡은 순간부터 11년이 되는 지금까지 말이다. 오히려 내가 보고 싶고 듣고 싶은 건, 어릴 때부터 쏟아지던 호평 세례였다.

- 라이브 보고 싶어요
- 어릴 때 저 정도면 지금은 개지릴 듯
- 이미 영재 학교 입학이라던데?
- 라이브 보면 인정
- 나도, 나도, 인정, 인정, 개인정!

예전에 촬영해 둔 드럼 연주 영상은 지금도 업로드하면 댓글들이 쏟아진다. 분명 그 영상들도 나만 알고 있는 문제점들이 선명했다. '천재'와 그동안 출연했던 방송들이 사람들의 눈을 가려 준 것이다. 한 살 한 살 나이가 들면서 조금씩 자라는 키만큼이나 진짜 내 상태에 대해 궁금증이 늘어 갔다. 예전 영상들을 일부러 올리고 댓글 반응까지 보는 것도, 그런 과정이었다.

'진짜 나는 누구일까?'

쏟아지는 반응에 내가 할 수 있는 일은 딱히 떠오르지 않았다. 누군가 그러지 않았던가, 시간이 모든 것을 해결해 줄 것이라고. 시간에 지금의 고민을 맡겨 보기로 했다. 모른 척 하루, 이틀 그 이상의 시간을 흘려보내면 지금까지 그래 왔듯 모든 게 자연스럽게 정리될 것이라고.

사흘도 채 되지 않아, 다시 깨달았다. 시간의 흐름에 맡긴다는 건, 또 다른 부담을 떠안아야 한다는 것. 정말 모른 척 세상과 완전히 단절하지 않는 이상, 쏟아지는 댓글을 멈출 수가 없었다. 오히려 꼬리에 꼬리를, 가지에 가지를 치고 더 많은 댓글들이 달리기 시작했다. 그마저도 '무시'라는 패를 내보여도 되겠지만 계속해서 올려 뒀던 영상에 달린 댓글을 무시하기는 불가능했다.

- 저거 짭

- 짭? 에이, 설마

- 영화에서도 대충 소리만 입히던데

- 얼굴이랑 몸이 따로 노는 거 같음

- 그럼 짭이네

- 편집자 못 구했나?

- 걍 팝, 노답, 신고 각

거기다 댓글의 흐름이 갑자기 바뀌었다. 걱정과 기다림에 대한 내용은 간격이 상당히 넓었지만, 의혹과 비난, 조롱은 실시간이었다. 의혹에 대한 의혹, 비난에 대한 조롱, 조롱에 대한 비난에 대한 의혹, 그냥 욕. 익명이란 이름에 가렸지만 왠지 그들의 얼굴이 하나하나 떠올랐다.

- 당장 라이브 보여 드림

결국 시간이 아닌 돌파로 선택했다. 앞뒤 생각할 겨를도 없었다. 당장 해야만 할 거 같은 판단이었다. 어쩌면 그 순간에도 다시 되돌릴 기회는 있었을지도 모르겠다.

- 안녕하세요, 드러머 박찬입니다. 갑자기 라이브로 인사드리는데요. 진짜 보고 싶다는 거죠?

마음의 준비, 없었다. 대책은 아예 생각의 영역에 진입조차 못했다. 인사 한마디에 실시간 접속자가 500명을 넘어섰다. 스틱을 양손에 쥐니, 화면에 1,000명 실시간 접속자가 있었다. 쏟아지는 하트와 댓글, 그리고 드럼과 나. 어쩌면 그 순간에도 되돌릴 기회는 있었을지 모를 일이다. 그러나 이성을 되찾기 전에 몸이 먼저 움직이고 말았다. 오른발로 베이스 페달을 밟았고 양손은 심벌즈와 스네어로 자리를 잡았다. 본능과도 같은 배치였다.

리듬을 펼쳤다. 시작은 가벼웠다. 당장 어떤 생각도 나지 않을 만큼, 페달로 빅지를 잡아 가며 하이햇 심벌즈를 처음 스트로크했던 딱 그 순간까지만이다. 1분만 그럭저럭 견뎌 주면 되는데, 김지가 떨렸다. 스틱은 쇳덩이를 움켜쥔 것처럼 무거웠다. 힘주어서 꽉 쥐려고 할수록 더욱더 미끄러졌다. 어깨에 힘이 잔뜩 들어가고 허리도 찌릿했다. 시선은 심벌즈와 탐탐, 베이스까지 몸이 움직이는 대로 따라가느라 방향을 잃고 말았다. 이대로 무너질 순 없어, 얼른 고개를 천장으로 올렸다.

고개를 위로 한껏 올리고 눈을 지그시 감았다. 이마와 등줄기에 맺힌 땀은 신경 쓸 겨를이 없었다. 드럼은 손이 휘두르는 대로 소리를 냈다. 힘껏 더 힘껏, 빠르게 더 빠르게! 바닥은 진동으로 뒤덮였고, 내 주변은 소리로 가득 채워졌다. 그 와중에 하이햇 페달은 풀려서 제대로 밟히지도 않았다. 그 순간, 할아버지 말씀을 떠올렸다.

'오직 네 박자! 내 손끝에서 쏟아 내는 가장 중요한 네 박자만

제대로 표현해 내자.'

　다시 한번 이를 꽉 깨물었다. 오른손에 쥐고 있던 스틱이 천장으로 날아가더니 바닥에 추락하고 말았다. 왼손의 스틱이 애써 공백을 채워 주려고 했으나 그마저도 스네어 가장자리에 걸려서 바닥으로 떨어지고 말았다. 베이스를 밟으면서 또 다른 스틱을 찾으려고 했지만 없었다. 그제야 멈춰서 스마트폰 화면 속 내 모습을 제대로 마주 보았다. 풀린 눈을 한 내 얼굴 옆으로 쏟아지는 댓글들, 1,000명이었던 실시간 접속자는 50명도 남지 않았다.

　- 저게 뭐임

　- 윽, 토 나와

　- 아직도 네 살 때를 벗어나질 못했네

　- 어릴 땐 귀엽기라도 했지

　- 미낳고, 미디어가 낳은 괴물

　- 박자를 아예 모르나 봐

　- 스틱도 튀었잖아 ㅋㅋ

　더 이상 어떤 말도 할 수 없었다. 화면 속 내 모습만 바라보고 있을 뿐. 라이브 방송을 종료시킨 건, 배터리가 소모된 스마트폰이었다. 검게 변한 화면에 비치는 내 얼굴은 조금 전 화면 속 모습과 조금도 달라지지 않았다.

난, 그런 사람이었다. 어쩌다가 우연히 재롱을 잘 펼쳤는데 그 것이 타고난 재능으로 둔갑해서 천재로 오해받았던. 진실을 누구 보다 알고 있었지만 애써 숨기며 당장의 현실에 취했던. 어려서 그 럴 수 있다고, 나름대로 변명거리도 준비했던. 그럴 수 있다고 또다 시 도망치기에는 10년 넘게 드럼 앞을 지켰던 시간들이 미안해지 기 시작했다.

내가 그 스틱을 떠올린 건, 정말 우연이 아니었다. 그동안 품고 있던 모든 것이 사라졌다고 느낀 순간 눈앞에 보였다. 그저 드러머 들 사이에서 하나의 '썰', 출처가 불분명한 민담과도 같은, 입에서 입으로 전해지는 그런 스틱이 있었다. 드러머의 영혼만큼 연주를 펼쳐 준다는 스틱이었다. 나도 다른 사람에게 듣기만 했을 뿐 어디 에 있는지 알 수 없었다. 스마트폰으로 가장 친한 친구에게 전화를 걸었다.

"뭐 하심?"

- 너 괜찮냐, 난리던데.

"몰라, 어떻게든 되겠지."

- 그럴 수준이 아닌데!

"모르겠다니까! 그 스틱 있잖이."

- 무슨 스틱? 그런 걸 찾을 때가 아닐 텐데!

"아니, 지금 찾아야 한다니까."

- 갑자기 생각이 안 나는데!

녀석은 전화를 끊었다. 10여 분 정도 있다가 카카오톡으로 링크 하나를 보내 줬는데 말로만 들었던 그 스틱에 대한 정보였다.

Your soul stick

북미산 호두나무 히코리로 만들어 강도가 뛰어나며

5A 사이즈의 표준 크기로 제작되었습니다.

팁(스틱 머리 부분)과 넥(스틱 머리 아래)의 각도와

솔더, 샤프트, 그립, 부트까지 최적의 비율로 맞추었습니다.

부드러운 소리와 강한 리듬을 담아낼 수 있으며,

어떤 경우에도 부러지지 않는 독보적 기술로 만들었습니다.

여기까지만 설명을 읽었을 땐 여느 스틱과 다를 게 없었다. 굳이 읽어 보지 않더라도, 아무 악기점에 있는 아무 스틱을 골라도 이런 사양일 것이다. 스마트폰 화면을 끄려던 순간, 내 눈을 의심할 수밖에 없는 글이 눈에 들어왔다.

드럼을 치지만 연주가 되지 않는다면, 놓치지 마세요.

당신의 영혼만큼 스틱이 연주를 펼쳐 줄 것입니다.

가격은 따로 정하지 않았고, 영혼만 보여 주면 됩니다.

관심이 있다면 지금 신청 버튼을 눌러 주세요.

스틱이 당신에게 갈 것입니다.

초반부와 딜리 뒤로 갈수록 소개 문구가 다소 비장했다. 왠지 내 속마음을 다 읽어 내는 느낌도 들었다. 세상의 모든 것은 질대 허술하게 좋은 걸 내어 주지 않는다. 어른들에게 듣기도 했지만 이미 게임을 하면서도 깨달은 인생의 진리다. 결국은 스마트폰 화면을 닫았다.

　- 버디 채 그분이면 도와줄지도 몰라

스틱 정보를 알려 줬던 녀석이 톡을 보냈다. ‘드럼 개인 레슨’ 포스터와 함께였는데, 이력을 보니 과거 큰 인기를 누렸던 ‘한라산밴드’의 메인 드러머가 눈길을 끌었다. 나를 가르쳤던 드럼 선생님들은 모두 입을 모아 ‘한라산밴드’가 우리나라 최초 완전체 밴드이자 최고라고 이야기해 줬다. 정작 나는 그 밴드의 음악을 단 한 번도 찾아서 들어 보진 않았다. 혹시나 히 는 마음에 유튜브로 검색해서 가장 먼저 뜨는 연주 영상을 봤다. 가장 눈길을 끄는 건, 보컬이었지만 귀를 사로잡는 건 바로 심장을 터뜨려 버릴 것만 같은 강력한 리듬이었다. 굵직하게 딱딱 꽂히는 베이스 페달에 예리한 칼날처럼 착착 꽂히는 스트로크! 솔로에 돌입했을 땐 드럼과 드러머의 구분이 없었다. 현란한 움직임은 하나의 춤사위 같았고, 쏟아 내는 리듬은 보는 내내 손에 땀을 쥐게 했다.

'그래, 바로 이 사람이야!'

광고 포스터 속 연락처를 저장하고 "개인 레슨 하나요?"라고 문자 메시지를 보냈다. 곧바로 스마트폰 화면에 '버디 채'의 이름이 떴다. 전화가 온 것이다.

"어, 어, 어, 여, 보세요."

- 나 버디 채예요. 레슨을 받으시겠다고?

"네, 가능할까요."

- 초보?

"10년찬데요."

- 10년차? 지금 몇 살이셔요.

"열다섯 살요. 아, 아니다. 11년인가. 네 살 때부터 했어요."

- 허 참. 재미난 친구네. 여기로 올 순 있고요?

"택시 타고 갈게요. 카카오로 부르면 금방 가요."

- 택시로 금방 올 곳이 아닌데. 주소 보내 드릴게, 다시 연락

줘요.

전화가 끊기자마자 문자 메시지 알림이 떴다. 버디 채가 보내 준 주소는 제주도였다. 초등학생 때 수학여행으로 한번 가 봤던, 돌하르방과 한라산이 유명한 그 제주도 말이다.

'굳이 제주까지 가야 할까. 아무리 그래도 제주도는 좀 오버 아닌가. 내 상황이 그렇게까지 할 정도는 아니잖아? 아닌가, 그런가, 아닐 수도, 그럴 수도. 아, 이건 아닌데. 몰라! 아, 그래도 제주도는 아닌데.'

스마트폰을 책상에 던지듯 내려놓고 침대로 몸을 던져 버렸다.

"정말 아닌 거 같지만 때로는 굳이 확인을 해 보고 싶을 때도 있는 법이지."

제주공항에서 나오자마자 야자나무와 돌하르방을 번갈아 쳐다보며 중얼거렸다. 문자 메시지에 선명하게 찍힌 버디 채의 작업실 주소를 다시 한번 확인하고 가장 가까이 있는 택시에 올랐다.

"어디갈 거 마씨?"

"예? 제가 혼자 오긴 했는데, 여기요."

"아, 이디, 호쏠 가야 되어."

"예?"

"고랑몰라 가 봐사 알주, 안선띠 매붑써."

분명 우리말인데 영어보다 더 어렵게만 느껴졌다. 머리를 긁적이다 차창 밖으로 시선을 빠르게 돌렸다. 하늘 높은 줄 모르고 꼿꼿하게 세운 야자나무 사이로 바다가 파랗게 펼쳐졌다. 그 위로 날아가는 새 한 마리. 그림자와 같아서 형체는 분명하지 않으나 바람에 양 날개를 맡긴 모습에 이상하게 눈가가 뜨거워졌다. 나도 언젠가는 자유로울 수 있을까. 날개가 아니라 가방에 담긴 스틱을 양손에 잡고 말이다.

"오란다고 정말 와 버렸네. 진짜 재밌는 친구네."

눈앞에 머리를 길게 늘어뜨린 아저씨가 앉아 있었다. 바닥을 쓸 수도 있을 것 같은 긴 머리카락 사이로 색이 바랜 까만 선글라스가 보였다. 씨익 웃는 입 사이로 누렇게 변한 앞니 두 개가 보였다. 한 글자씩 말할 때마다 코끝이 간질거렸다.

"저, 가능할까요?"

"일단 앉아 봐."

연습실 한가운데에 까만색 드럼, 스네어, 탐탐, 베이스, 플로어 탐까지 5기통에 하이햇 심벌즈, 크래시, 라이드까지 세 가지 심벌즈를 갖춘 기본 형태의 세트가 놓여 있었다. 다만 Y사의 상당히 높은 등급을 자랑하는 모델이었다. 집에서 사용하는 것보다 상위 모델인 만큼 좋은 소리가 기대됐다. 의자에 앉고 내 스틱으로 스네어를 한 번 스트로크 한 순간 머리가 띵했다. 세상에 이런 소리가? 당연하게 여겨 왔던 날카로우면서도 깊은 울림이 아니었다. 둥근 나무통에 양면으로 가죽 헤드만 뒤덮은 둔탁함만 남았다. 탐탐, 베이스, 플로어 드럼 부분들의 소리는 크기와 모양새만 다를 뿐 똑같은 소리를 냈다. 위아래로 설치한 두 개의 심벌즈, 보통은 둘이 붙어서 그리고 가끔은 떨어져서 소리를 내는 하이햇과 리듬의 특정 부분을 짧고 굵게 강조할 때 사용하는 크래시, 리듬에 날개를 달아 주는 라이드 심벌즈까지 모두 크기와 모양새만 다를 뿐 똑같이 쇳소리만 들렸다. 단 한 마디의 리듬도 제대로 이어 나갈 수가 없었다. 흐르는 땀만큼 입술이 바짝 메말랐다.

"자네는 드럼을 치기만 하는군. 소리를 내야지!"

그가 오른손을 내저었다. 일어서서 자리를 내어 주고 한 발자국 뒤로 물러섰다. 방금 내가 앉았던 곳에 자리를 잡은 그가 자신의 스틱을 휘두르자 조금 전과 다른 소리가 났다. 내가 알았던 드럼의 고유 소리를 비롯해 완벽한 리듬, 그리고 화려한 필인까지. 다른 악기가 없어도 그 자체만으로도 완전한 음악 한 곡이었다. 스틱을 바닥에 떨어뜨리고 잠시 흐릿해진 눈으로 멍하니 쳐다보았다.

'도대체 뭐가 문제일까. 같은 드럼에 별로 다를 게 없는 스틱을 사용했는데.'

"차이가 느껴지나?"

“네, 느껴져요.”

“뭐가 다르지?”

“소리가 다릅니다.”

“소리는 같아. 네가 문제지.”

이것이 처음 레슨의 전부였다. 엄마를 설득해서 겨우 비행기까지 타고 왔지만 내 손에 남은 건 하나도 없었다. 오히려 복잡하게 엉킨 머릿속만 밤새 나를 잠 못 들게 할 뿐이었다. 내가 문제인 건 안다. 그래서 뭘 어떻게 하라고. 어른들은 늘 그런 식이다. 문제점은 짚어 내면서 어떻게 해야 할지는 명확하게 알려 주지 않는다. 그도 마찬가지였다. 이력만 봤을 때는 우리나라 최고라고 할 수 있을 텐데, 내게 준 건 그저 또 다른 형태의 문제일 뿐이었다. 이대로 다시 돌아가야 하는지 고민하다가 스마트폰으로 인스타그램의 새로운 피드만 살펴봤다. 사방으로 조여 오는 머리 통증이 조금씩 사그라질 때쯤 눈앞에 메시지 알림이 떴다.

- 내일 눈 뜨자마자 와라.

그였다. 답장은 하지 않았다. 눈을 뜨자마자라는 단서가 계속 거슬려서인지 눈이 도저히 감기지 않았다. 또다시 머리를 조여 오는 통증이 살아나기 시작했다.

"다시."

"아니, 다시!"

"아니 아니, 다시!"

"드럼을 치지 말고, 소리를 내란 말이다!"

맞은편에 서서 허리를 살짝 굽힌 채 소리치는 그의 얼굴은 점점 시뻘게졌다. 마스크는 이미 바닥에 떨어졌고 한 마디씩 내뱉을 때마다 찌든 냄새를 품은 액체들이 내 얼굴까지 가볍게 닿았다. 닦아 낼 여력은 없었다. 스틱은 계속 드럼과 심벌즈를 번갈아 두드렸고, 발도 마찬가지로 하이햇 페달과 베이스드럼 페달을 밟느라 정신이 없었다. 빠르게 빠르게 다시 조금 느리게, 조금 더 빠르게, 부드럽게, 아니, 강하게, 날카롭게! 가장 기본인 8비트 리듬을 그가 요구하는 만큼 소리로 바꿔 보았다. 시간이 지날수록 내 얼굴과 드럼은 그가 뱉어 낸 침으로 흥건해졌고, 검지와 엄지를 비롯한 손가락들도 점점 쓰라리기 시작했다. 심지어 나도 모르게 스틱을 바닥에 계속 떨어뜨리는 지경에 이르렀다.

"스틱을 떨어뜨리면 어떡하나!"

"아, 그게 땀이 차서."

"땀이 날 정도로 여유롭군. 말라 버릴 때까지 다시, 다시, 다시!"

가슴이 꽉 막혀 왔다. 숨이 제대로 쉬어지질 않았다. 눈가가 점점 떨렸고, 입술은 말라 버린 나무처럼 쩍쩍 갈라져 피를 조금씩 내보내고 있었다. '이번이 마지막이야, 마지막이라고.' 마음속으로 외치고 또 외쳤지만 완전한 마지막은 없었다. 결국 스틱을 다시 한 번 더 떨어뜨리고 드럼 의자에서 도망치듯 벗어나 바닥에 주저앉아 어깨를 축 늘어뜨렸다.

"소리를 내라니까, 왜 주저앉지?"

"못 하겠어요."

"안 하는 게 아니고?"

"뭐가 뭔지 정말 모르겠다고요. 전, 박자가 계속 틀려서 그걸 해결하고 싶은데."

"자넨 박자가 아니라 소리를 못 내는 게 문제라니까."

"솔직히 저, 잘 치잖아요. 다들 인정한다고요. 제 영상도 보여 드렸잖아요."

"정말 잘 치는 걸 원하는 거야?"

"그럼 뭘 원하겠어요. 드럼 튜닝 하러 온 사람도 아니고, 왜 자꾸 소리만 내래요!"

나도 모르게 목소리가 점점 높아졌다. 그는 알 듯 말 듯한 눈빛으로 지그시 쳐다보더니 더 알 듯 말 듯한 미소를 지어 보였다. 그러고는 손짓으로 잠시 있으라고 하더니 사무실에 들어가서 스틱

가방 하나를 챙겨 돌아왔다. 그리고 그곳에서 꺼낸 스틱 한 자루를 건네주었다.

"그런 거면 진작 말했어야지."

길고 쭉 뻗은 몸통에 헤드 부분은 둥그스름하지만 다른 스틱보다 작게 자리를 잡았고 갈색의 코팅이 반짝반짝한 게 내 눈을 사로잡았다. 손에 쥐자마자 착 감겼다. 마치 오래전부터 써 왔던 것처럼. 무엇보다 내 눈을 의심하게 만든 건, 스틱에 손 글씨처럼 날림으로 쓰인 'Your soul stick'이란 글자였다.

'혹시 이건?'

동그래진 내 눈을 살피던 그가 미소를 옅게 드러냈다.

"전혀 모르는 눈치가 아니군."

"이걸 어떻게 가지고 있어요?"

"누구나 한 번쯤은 탐낼 만하지."

"이거 저한테 빌려 주시는 거예요?"

"원한다면 가질 수도 있어."

"얼만데요."

"얼마나 줄 수 있는데?"

다시 말문이 막혔다. 분명 지난번에 소개 글을 봤을 때부터 관심은 있었다. 거기다가 지금 손에 착 감기는 것이 무엇이든 다 쳐 낼 수 있을 것만 같았다. 그런데 돈이 문제였다. 제주도도 겨우 내려왔는데 스틱까지 사는 건 개미 손톱의 때만큼 기대할 수 없을 부분이었다.

"모르겠어요. 근데 돈은 없는데."

"돈은 됐고 여기에 사인만 하면 돼."

"사인이요?"

그가 스틱 가방에서 종이를 꺼내 보여 주었다.

Your soul stick 사용 계약서

1. Your soul stick은 오직 한 사람만을 위한 드럼 스틱입니다.

2. Your soul stick으로 당신은 세상에 단 하나뿐인 연주를 합니다.

3. Your soul stick에서 얻은 리듬과 테크닉은 모두 당신 것입니다.

4. Your soul stick의 사용료는 오직 당신의 영혼뿐입니다.

5. Your soul stick을 선택하는 건 자유지만, 돌이킬 수는 없습니다.

6. Your soul stick과 관련된 모든 사항은 비밀을 유지해야 합니다.

7. Your soul stick이 당신을 바꿀 수 있습니다.

8. Your soul stick을 당신이 바꿀 수 없습니다.

9. Your soul stick만 당신의 고민을 해결할 수 있습니다.

10. Your soul stick은 지금 당신을 기다립니다.

이름　　　　(인)

살짝 누렇게 바래고 구김이 있는 서류에는 상당히 선명한 검은색 글씨로 내용이 가득했다.

"음악은 돈으로 하는 게 아니야, 영혼으로 하는 거지."

그의 한마디와 동시에 계약서에 사인을 마쳤다. 그 순간 온몸에 힘이 생겨났다. 눈에 보이는 건 없지만, 새로운 기운이 팔다리부터 손끝, 그리고 온몸 구석구석에 차는 느낌이었다. 머릿속에 새로운 리듬들도 현란하게 춤추고 있었다. 곧바로 드럼에 앉아서 손이 가는 대로 두드렸다. 스틱을 통해 손끝으로 전해지는 진동. 움직임만큼이나 충분히 드러나는 소리. 힘이 하나도 들어가지 않았다. 오히려 스틱이 움직일수록 몸이 편해졌다. 주변의 풍경은 흐릿해지고 오로지 드럼과 나, 그리고 스틱만이 함께했다.

"이제야 소리를 내는군."

다시 내 드럼 앞에 앉았다. 불과 얼마 전까지만 해도 나를 숨막히게 했던 것인데, Your soul stick을 손에 쥔 순간 오히려 심장이 뛰었다.

'너를 어떻게 두드려 줄까?'

그 자리에서 손이 가는 대로 휘둘렀다. 땀이 났지만 빠르게 움직이는 손짓에 금세 메말랐다. 입술이 마르고 목이 말랐지만 그보다 더 심각한 갈증을 해소하니 전혀 목이 타들어 가지 않았다. 메트로놈을 켜도 전혀 긴장되지 않았다. 메트로놈에서 나오는 소리조차도 스틱과 함께하는 순간, 하나의 협주 대상이었으니까. 연주 영상을 다시 내 채널에 업로드했다. 영상으로 담아낸 내 연주도 역시 완벽 그 이상이었다.

- 와, 이건 찐이다
- 신의 경지!
- 이것이 K-드럼

댓글이 다시 쏟아지듯 하나둘 붙었다. 입가에 미소가 떠나지 않았다.

- 저번에 라이브 폭망한 거 아직도 기억함
- 이거 편집 아님?

물론 기억력이 좋은 구독자들도 있었다. 라이브에 대한 댓글이 달리자마자 라이브를 켰다. 별다른 인사와 설명 없이 바로 보여 줬다. 진짜 내가 누구인지.

- 실화임?

- 사람이 아님, 신도 지리겠다!

- BTS도 울고 간다.

- 인정, 개인정, 쌉인정!

실시간으로 올라오는 댓글만큼이나 내 몸은 멈출 수가 없었다. 화면 속 내 모습이 완전히 흐릿해질 때까지 쏟아 내고 또 쏟아 내듯 연주를 펼쳤다.

'이것이 정말 내가 원했던 모습이야. 박자는 완벽히 장악하고 누구도 따라 할 수 없는 완전한 경지에 이른 바로 이것! 이대로면 심장이 완전히 터져도 좋아.'

머리끝으로 전율이 완전히 빠져나가도 멈추지 않았다. 조금 더, 더, 더, 더!

"찬아, 이제 정신이 좀 들어?"

눈앞에 엄마 얼굴이 보이고, 이어서 하얀색으로 도배된 천장이 보였다. 침대에 누웠는데 좀처럼 몸이 마음대로 움직여지지 않았다. 손가락은 마비가 된 듯 의지의 반의반도 따라오지 못했다.

"왜 내가 여기에 있어요?"

"도대체 무엇에 홀린 거야 이제 괜찮은 거지?"

"분명 연주를 하고 있었는데."

"오랫동안 쓰러져 있었다더라. 어디부터 기억이 나는 거야?"

엄마 말에 따르면 드럼을 끌어안고 쓰러졌다는 것이다. 얼른 스마트폰으로 유튜브 채널을 확인해 보았다. 없었다. 내가 올렸던 영상도, 라이브도. 처음부터 없었던 것처럼.

'무슨 일이 일어난 거지?'

엄마의 도움으로 물 한 모금을 마셨다. 조금 힘이 돌아왔을 때 먼저 눈에 띄는 것이 Your soul stick이었다.

'분명 내가 저걸로 연주를 했는데.'

통화 기록에서 버디 채의 번호를 찾아냈다.

"저, 전데요."

"어쩐 일로?"

"이상한 일이 생겼어요."

"그러겠지."

"알고 계셨어요?"

"너도 알고 있었잖아."

"예? 뭘요?"

"선택은 했고 돌이킬 순 없어. 그냥 받아들여."

전화가 끊겼다. 다시 걸었지만 그의 목소리는 들을 수가 없었다. 한 번 더 걸었을 땐 "전화를 받을 수 없어."라는 안내 멘트가 빠르게 등장했다.

- 전화하지 마

대신 문자 메시지가 한 통 날아왔다. 머리가 아파 왔다. 이틀 병원에 입원해 있는 동안 아무것도 알 수가 없었다. 집에 돌아오자마자 다시 스틱을 들고 드럼 앞에 앉았다. 갑자기 눈앞이 흐릿했다. 지난 연주 장면들이 똑같이 떠오르더니 식은땀이 쏟아지듯 흘렀다. 얼른 스틱을 바닥에 내던졌더니 거짓말처럼 괜찮아지는 게 아닌가. 스틱을 다시 집어 드니까 또 그 장면이 떠올랐다. 완벽과 완전에 다다른 내 모습. 그러나 손은 움직여지질 않았다. 드럼이 두세 개로 보이더니 아지랑이처럼 꾸물거리기 시작했다.

"찬아!"

엄마 목소리와 함께 다시 자리에 쓰러지고 말았다. 다시 눈을 떠 보니 침대였다. 엄마는 물수건으로 얼굴 곳곳을 닦아 주고 있었다. 갑자기 눈가가 뜨거워지더니 눈물이 한 방울씩 떨어졌다.

"도대체 무슨 일이 있었던 거야?"

"나도 잘 모르겠어. 나, 그 사람 다시 만나야 해."

"누구? 혹시 그 제주도?"

그의 연습실을 다시 찾아갔을 땐 문이 굳게 닫혀 있었다. 엄마는 경찰에 신고하겠디고 했으나 그럴 증거가 따로 없었다. 당장은 확인이 필요했다. 전화를 걸어도 연습실 문을 두드려도 아무런 답이 돌아오지 않았다.

"찬아, 돌아가자. 이대론 안 될 거 같아."

"엄마, 나 드럼이 전부란 말이야."

"알아, 아는데, 다른 방법이 있을 거야."

"아냐, 그 사람을 만나야 해. 꼭!"

다시 한번 연습실 문을 두드렸을 때, 바로 등 뒤에서 인기척이 느껴졌다. 깜짝 놀라 뒤돌아보니 한 할머니가 뒷짐을 지고 서 있는 게 아닌가?

"너 누게?" (너 누구니?)

"아, 안녕하세요. 여기서 만날 사람이 있어서요."

"무사 놈의 집 앞이서 히여뜩헌 소리 햄서." (왜 남의 집에서 허튼 소리 하는 거니?)

"네? 무사가 뭐 어쨌다고요?"

"게난 몽케지말앙, 저디 강 솔피민 이실 거 닮은디게. 뭐햄서, 가지 안헨." (그러니까 뭉그적거리지 말고 저기 가서 살펴보면 있을 거 같은데. 뭐하니, 가지 않고.)

"네?"

할머니의 말은 도저히 알아들을 수 없었다. 다만 가리키는 손끝에 닿은 까만색 건물로 가라는 그런 얘기 같았다. 허리를 두 번

숙여 인사하고 한라산 쪽에 자리 잡은 검은색 건물로 찾아갔다.

그곳에 그가 있었다. 나와 비슷한 또래의 남학생 앞에서 드럼 연주를 보여 주는 게 아닌가. 내게 들려줬던 것과 하나도 다르지 않았다. 심지어 드럼조차도 같은 거였다.

"아니, 네가 어떻게 여길?"

갑자기 멈춘 그가 자리에서 벌떡 일어났다. 그의 옆으로 떨어진 스틱과 계약서가 보였다. 그것도 역시 내가 본 것과 똑같은 것이었다.

'아니, 어떻게 이럴 수가 있지?'

눈을 의심하고 싶었다. 세상에 단 하나뿐인 스틱이라고 하지 않았던가.

"지금 뭐가 뭔지 하나도 모르겠어요. 뭐죠?"

"하아, 좋아, 뭐가 궁금해?"

"이상한 일을 겪었어요. 아저씨에게 받은 스틱을 가져간 뒤로."

"이젠 갑자기 아저씨라고 하네. 그래서 내가 문제라고?"

"그게 아니라."

"계약서 봤잖아? 사인했잖아? 넌 연주를 가졌고, 난 네 영혼을 가졌어. 오케이?"

"도대체 무슨 소리를 하시는 거예요. 연주는 뭐고, 영혼은 또 뭐고!"

손끝이 떨렸다. 가져온 계약서를 살펴봤다. 그곳에는 사용료는 영혼이고, 세상에 단 하나뿐인 연주도 할 수 있다는 내용이 있었다. 스틱을 다시 양손으로 쥐어 보았다. 드럼을 바라보니, 또 그 장면이 떠올랐다. 머리가 어지러워지더니 다리에 힘이 풀리기 시작했다.

"넌 그 스틱으로 완벽한 연주를 펼쳤어. 딱 그뿐이야. 원래 너라면 절대할 수 없을 연주니까."

그가 다가와서 어깨를 살포시 두드리더니 밀어냈다. 나는 그 자리에 쓰러지듯 주저앉았다. 그렇다. 영화에나 나올 법한 영혼 거래. 내가 그 당사자가 되어 버린 것이다. 받아들일 수가 없었다. 누구나 내 연주도, 영혼도 마음대로 할 수 없는 것.

"돌려줘요!"

"뭐라고?"

그가 뒤돌아섰다. 내게 다가오더니 쪼그려 앉아 내 얼굴을 빤히 쳐다보았다. 그의 눈동자에는 내가 있었다. 세상에서 가장 어두운 얼굴의 축 늘어진 모습 말이다. 이대로 가만히 있을 수가 없었다. 이를 꽉 깨물고 벌떡 일어났다. 중심을 잃고 뒤로 넘어지려는 그의 양팔을 붙잡았다.

"돌려 달라고요!"

"하, 뭐를, 네 영혼을?"

"내 영혼도, 내 연주도 모두요!"

"아니, 좋다고 계약서 쓰고 스틱 챙겨 갈 땐 언제고."

"이깟 스틱, 돌려줄게요."

"글쎄, 절대 그럴 순 없을걸. 이 스틱만이 너의 연주를 되살릴 테니까."

"도대체, 왜, 왜!"

"너의 선택이야. 넌 어릴 때부터 지금까지 누군가의 선택으로 움직였다고 믿었지. 그런데 그런 거 없어. 드럼 스틱을 잡은 것도, 드럼을 친 것도, 여기까지 온 것도 모두 너의 선택이야. 어리다고 그냥 돌려지는 건 없어. 모든 선택에는 책임이 따라. 그걸 인정해야지."

그는 내 팔을 털어 내고 일어났다. 고개를 들어 그의 얼굴을 올려다보았다. 역광이라 표정은 잘 보이지 않았다. 이거 하나만큼은 확실했다. 한쪽 입꼬리가 올라갔다는 것을.

"그럼 지금도 내가 선택할 수 있겠네요?"

"물론이지. 할 수 있는 선택이 있나 모르겠지만."

나는 바닥에 떨어진 스틱을 다시 주워들어 양쪽 끝을 힘껏 쥐고 한쪽 다리를 그곳으로 올려 힘껏 내리쳤다. 뼛속으로 통증이 몰려왔다. 다시 한번 같은 행동을 반복했다. 그마저도 뜻대로 되지 않으니 스틱을 한 개만 들고 다시 움직였다. 우지끈 소리와 함께 스틱이 반으로 꺾였다. 순간, 전기에 통한 듯 심장이 찌릿했다. 머리가 어질어질했지만 나머지 스틱도 똑같이 꺾어 버렸다.

"뭐 하는 짓이야!"

"내가 이깟 스틱에 질 줄 알아? 나라고, 나, 박찬!"

"이게 정말!"

스틱 가방에 담아 둔 원래 내 스틱을 꺼내 들었다. 그가 있었던 드럼으로 다가가 의자에 자리를 잡고 앉았다. 달려오는 그를 향해 베이스부터 밟았다. 힘껏, 더 힘껏!

쿵, 쿵쿵, 쿵, 쿵쿵

그가 멈춰 섰다. 다시 스틱으로 하이햇과 스네어를 치면서 박자와 리듬을 만들었다. 소리가 나질 않았다. 처음 앉았을 때처럼. 멈췄던 그가 다시 웃으면서 다가오려고 할 때 아예 눈을 감았다.

'아무것도 보지 말자. 오로지 나와 내 스틱만이 앞에 놓인 드럼을 완전히 정복할 것이다. 메트로놈은 필요 없다. 지금 뛰는 심장이 세상에서 가장 정확한 박자니까.'

쿵 타, 쿵쿵 타, 쿵 타, 쿵쿵 타, 쿵탁 쿵 쿵쿵 탁, 쿵칙탁쿵 쿵쿵 탁!

심장이 뛴다. 빠르게, 점점 더 빠르게. 이마 끝에서 슬그머니 맺힌 땀은 머리카락 선을 따라서 하나둘 자리를 잡는다. 스틱과 딱 붙은 검지와 엄지 끝이 진동을 따라 떨린다. 들이마시고 내뱉는 호흡 한 번, 다시 들이마시고 내뱉는, 이조차도 지금은 사치다. 손끝과 발등을 타고 올라오는 미세한 진동 하나하나에 집중해야 한다. 드럼의 베이스, 스네어, 탐탐, 심벌즈가 조금도 쉴 새 없이 온몸으로 소리를 내지르는 이 순간! 눈앞이 흐려진다. 귓가에 맴도는 소리가 진동이 되어 심장에 곧장 내리꽂혀 내 목을 조여 온나.

이대로 멈춰선 안 된다. 온몸으로 드럼에 땀을 쏟아 내고, 드럼은 자신을 지탱하는 바닥의 진동까지 끌어 모아 리듬으로 되돌려 준다.

'그래, 바로 이거야. 이거라고!'

드럼과 내가 완전히 한 몸이 되는 순간, 이대로 흐름만 따르면 이 공간을 채우는 모든 사람들의 호흡과 사물들의 진동이 오직 나를 위해 연주해 줄 것이다. 이 흐름에 완전히 맡겨 버리면 되는데, 멈추고 말았다. 터질 듯 질주하던 심장이. 거기다가 차갑게 식어 버렸다. 구석구석으로 뜨거운 피를 전달하는 혈관이. 너무나도 순식간이었다, 멈추고 식어 감이. 양팔은 상한 오징어처럼 축 늘어졌고, 몸의 일부처럼 착 달라붙었던 스틱도 손끝에서 떨어져 바닥에 나뒹굴었다.

순간, 눈앞에 그 사람의 그림자가 보였다. 바로 지금이란 말인가. 소리치고 싶었다. 그러나 아무리 외쳐도 소리는 조금도 새어 나오지 않았다. 얼굴을 뒤덮었던, 등을 완전히 감쌌던 땀줄기들이 흐르다가 그대로 소멸하고 말았다. 마치 처음부터 존재하지 않았던 것처럼. 단단하게 굳었던 어깨가 갑자기 가벼워졌다. 이대로 열다섯 평생 나를 가둔 육체에서 완전히 벗어나는 걸까. 가장 원했던 순간이지만, 지금은 아니었다. 최소한 지금은.

바닥에 떨어진 스틱은 땀을 머금은 자리부터 점점 색이 바래더니 검게 타들어 갔다. 단단했던 모습은 무기력한 재가 되었고, 바닥의 먼지들과 함께 바람처럼 떠나갔다. 조금 전 쏟아 냈던 에너지는 기억조차 않을 기세로. 손끝부터 찬 기운이 타고 올라와 턱밑까지 자리 잡았지만, 눈가에 먼저 차오른 뜨거움은 걷어 내지 못했다. 이대로 멈출 순 없었다. 그러나 움직여지지 않았다. 몸부림치고 싶지만 힘을 주려고 할수록 조여 오는 건, 이미 얼음처럼 식어 버린 왼쪽 가슴팍뿐.

'어디서부터 잘못된 것일까?'

그래, 모든 것은 누가 대신 답해 주지 않는다. 당장 그 답을 모르더라도 직접 찾아가야 하는 건 바로 내 몫이다. 다시 일어났다.

눈을 똑바로 뜨고 다가온 그림자와 그의 얼굴을 똑바로 쳐다보았다. 심장의 박동은 빠르게 뛰지 않았다. 조금 전 펼쳤던 연주에 딱 맞는 일정한 속도로 유지되었다.

'그래, 이거야. 이제는 누구도 무엇도 나를 막아설 수 없다. 모든 것에 대한 선택, 행동은 내 몫이니까. 누구 뒤에 숨지 않을 것이다. 지금부터 다시 움직여야 한다. 온전한 내 의지로.'

바닥에 떨어진 스틱을 다시 주웠다. 조금 전 검게 타들어 간 것은 스틱이 아니라, 바로 나를 막아섰던 나 자신이었다. 스틱은 조금 더 닳았어도 온전히 나와 함께 나아갈 수 있는 상태였다. 드럼 앞에 앉아서 달리기 시작했다. 진짜 마이 소울 스틱과 함께.

작가의 말

제가 어릴 적, 그러니까 지금으로부터 30, 40년 전 우리나라 가요계에는 '금지곡'이라는 제도가 있었습니다. 말 그대로 부르는 것이 금지된 노래입니다. 가수도 부르면 안 되고, 국민들도 부르면 안 되는 노래입니다. 그렇다면 어떤 기준으로 금지했을까요? 대표적으로는 '퇴폐, 음란'이 금지곡이 되는 이유였습니다. 이런 이유라면 금지할 만도 해 보이지요?

그러나 실제로 금지 처분을 받은 노래들은 단 한 소절도 '19금'스러운 표현이 없는 건전한 노래들이었습니다. 옛날에 BTS 노래만큼 인기가 많았던 우리나라 가요 중 '아침 이슬'이라는 노래가 있습니다. 이 노래도 오랜 세월 동안 금지곡 처분을 받았는데, "태양은 묘지 위에 붉게 타오르고"라는 가사가 문제였습니다. 어떤 부분이 문제였을까요? 태양은 원래 붉은색이지, 파란색은 아니잖아요. 그런데 바로 그 부분이 뮤제였답니다. '붉은색은 북한을 상징

하는 색'이라는 이유였다고 해요. 다른 유명한 노래 중에서는 '행복의 나라로'라는 노래가 있었는데, "다들 행복의 나라로 갑시다."라고 부르는, 지극히 평화로운 가사를 담은 이 노래도 금지곡 처분을 받았답니다. 이유는 무엇이었을까요? "아니, 그럼 지금 우리나라가 안 행복한 나라라는 거냐?"라고 했답니다.

열심히 만든 노래를 부를 수 없게 된 가수들은 일자리를 잃었습니다. 범죄자 취급을 받기도 했습니다. 그럼에도 불구하고 사람들은 금지된 노래를 몰래몰래 부르며 퍼뜨렸습니다. 덕분에 금지곡이 금지되지 않은 곡보다 더 유명해지기도 했습니다.

'소리를 돌려줘'를 읽은 감상은 어떠신가요? 어색하고 작위적인 거짓말 같은 내용이라는 생각이 들지도 모르겠습니다. 만일 그런 감상이 들었다면, 정말 다행입니다. 이 소설은 과거가 반복되지 않았으면 하는 마음을 담아 쓴 소설이니까요. 이 소설을 재미있게 읽었다면 금지곡의 역사에 대해 찾아보는 것도 좋겠습니다. 읽어 보고 찾아본 뒤 어떤 생각을 할지는, 물론 독자의 자유입니다.

〈소리를 돌려줘〉 이진

이 세상에 기적 따윈 없습니다. 지금 이 순간에도 전쟁으로 사람들이 죽어 가고 있으며, 부자들이 우주여행을 다녀오는 최첨단의 시절임에도 불구하고 여전히 치료제가 없어 속수무책으로 사랑하는 가족이 죽어 가는 모습을 바라봐야 하는 사람들도 있으니까요. 저는 종종 뉴스를 통해 지구촌 곳곳에서 벌어지는 가슴 아픈 사연을 접할 때마다 막연하게 상상했던 일이 있습니다. 만약 신이 있다면, 운명 같은 불행으로 삶을 마친 사람들과 그의 가족들에게 단 한 번은, 반드시 꼭 한 번은 기적을 선물해 줘야 한다고요! 그래야 맞지 않겠느냐고요! 이렇게 해서 저는 아랑이와 요안이를 만났습니다. 겪지 않아도 될 슬픔 속에서 숨죽여 울었던 두 아이를 수없이 안아 줬고요. 쇼팽을 가장 사랑하는 두 아이에게 기적 같은 시간을 선물했어요. 그제야 제 마음이 조금은 편해지더군요. 분명 독자 여러분도 앞으로 살아갈 수많은 날들 가운데 예상치 못한 아픔에 엉엉 울게 될 겁니다. 그때 아랑이와 요안이를 떠올리며 다시 한번 일어설 용기를 낼 수 있기를 바라요. 꼭 한 번 나에게도 기적 같은 선물이 찾아올 거라는 희망, 거짓말 같지만 진실이라 믿고 싶은 그 작은 기적을 함께 믿어 볼래요?

〈쓸데없이 까칠한 너의 이름은〉 정은주

장편 '크로노토피아'로 다양한 세계를 오가는 한 소년의 이야기를 쓴 바 있습니다. 이 이야기에 등장하는 아이 소원은 상당히 힘든 세계를 오가면서 삶의 의미를 깨달아 가는데요, 적고 보니 이와 반대되는 밝은 이야기를 써 보고 싶었습니다.

〈완벽한 유리〉에 등장하는 잠탐정, 혹은 꿈탐정 경주는 꿈속에서 수없이 많은 세계를 이동하며 사건을 해결해 갑니다. 그 과정에서 자기 자신이 될 수 있는 가장 힘이 넘치는 모습은 '나 자신'이라는 사실을 깨닫습니다.

우리는 누구나 '자라서 무언가 큰 일을 할 사람'이 되길 바랍니다. 주변에서 그런 말을 듣기도 하고요. 하지만 결국 우리가 될 수 있는 건 '나 자신'밖에 없습니다. 부족하지만 열심히 하는, 그렇게 최선을 다해 슬퍼해도 어쩔 수 없는 '나 자신'. 저는 경주의 이야기를 들여다보며 결국 이런 나 자신을 사랑하는 일이 구원으로 이어진다는 사실을 다시 한번 깨달을 수 있었습니다.

여러분도 꿈탐정 경주의 이야기를 통해 '나 자신'을 들여다보았으면, 지금 힘든 상황에 빠져 있다면 "구원은 셀프야." "다 잘될 거야." "난 참 대견해."라고 스스로를 위로하고 다독여 주었으면 좋겠습니다.

〈완벽한 유리〉 조영주

어릴 때부터 저는 심장이 뛰는 일을 하고 싶었습니다. 한때는 달리기가 제 인생의 전부였던 시절도 있었습니다. 터질 듯 뛰는 심장 소리에 귀를 기울이면, 제가 살아 있다는 걸 느낄 수 있었습니다.

그렇게 다시 심장을 뛰게 해 줄 무언가를 찾다가, 우연히 드럼을 만났습니다. 음악에 재능은 하나도 없었지만, 서로 다른 굉음을 내는 심벌즈와 드럼, 베이스들이 제 손끝에서 리듬으로 완성될 때, 다시 한번 살아 있음을 느꼈습니다. 저는 언제나 끊임없이 뛰는 심장을 갈망해 왔습니다.

언젠가 드럼을 소재로 한 이야기를 써 보고 싶었지만, 몇 번이나 망설였습니다. 그리고 이번 책에서 처음으로 그 이야기를 꺼내 놓습니다.

지금 제가 해야 할 일, 할 수 있는 일들은 많지만 그중에서도 '가슴이 뛰는 일'을 놓치지 않고 계속해야겠다는 다짐을 이 짧은 소설에 담아 남기고 싶었습니다. 이 글을 읽은 당신의 심장도, 다시 한번 뛰기를 바라며.

〈마이 소울 스틱〉 차영민

쓸데없이 까칠한 너의 이름은

초판 1쇄 펴낸날 2025년 8월 29일

글	이진, 정은주, 조영주, 차영민
편집장	한해숙
편집	신경아, 이경희
디자인	최성수, 이이환
마케팅	박영준
홍보	정보영
영업관리	김효순

펴낸이	조은희
펴낸곳	주식회사 한솔수북
출판등록	제2013-000276호
주소	03996 서울시 마포구 월드컵로 96 영훈빌딩 5층
전화	편집 02-2001-5820 영업 02-2001-5828
팩스	0303-3440-0108
전자우편	isoobook@eduhansol.co.kr
블로그	blog.naver.com/hsoobook
페이스북	chaekdam
인스타그램	chaekdam

ISBN 979-11-94439-34-9

큐알 코드를 찍어서
독자 참여 신청을 하시면
선물을 보내 드립니다.　　책담 다른 내일을 만드는 상상